LA MENTIRA

-

L I E

Críticas destacadas:

"Suspenso y reflexión"
–Booklist, starred review

"Inusual e importante"
–Kirkus Reviews, starred review

"...se lee como un relato personal".
–Publishers Weekly, starred review

"...atrapará a los lectores"
–Library Journal, starred review

LA MENTIRA

-

L I E

A novel by

Caroline Bock

Agradecimientos

Desde la publicación original de LIE., he escrito muchas otras obras; sin embargo, LIE siempre ocupará un lugar especial en mi corazón por ser mi primera novela. Estoy muy agradecida de que esta novela atemporal esté disponible en español.

Muchas gracias a Laura Argüelles Icaza y Antonieta Romero-Follette, que le han dado vida a esta extraordinaria traducción. Un agradecimiento especial a Ana Múzquiz López por su estrecha colaboración en esta traducción al español.

Muchas gracias a todos los profesores del Departamento de Inglés de la preparatoria Mineola High School de Nueva York. A lo largo de los años, estos increíbles profesores han enseñado LIE. en sus aulas y me han invitado a visitarlas. Los inteligentes y curiosos alumnos de Mineola High School, muchos de ellos jóvenes de primera generación y originarios de países hispanohablantes, realmente me han inspirado para publicar esta traducción a fin de poder compartirla con familiares y amigos de todo el mundo.

Por último, la publico dedicándosela con amor a Richard, mi esposo y mejor amigo.

Gracias por leer LIE.

Para Richard

Los ataques eran un pasatiempo tan común que los jóvenes, quienes se declararon inocentes, tenían un término informal y despectivo para ello: "beaner hopping". [1]

> –Artículo de primera plana en **The New York Times** tras el asesinato de un inmigrante hispano en Long Island

---

[1] Beaner hopping.- cazar frijoleros

Skylar Thompson

DEBERÍA ESTAR EN CLASE DE CÁLCULO, repasando para el examen final, no en la comisaría. O debería estar en el estacionamiento de la escuela, decidiendo si faltar a clases e ir a la playa con los otros estudiantes de último año. O estar en el restaurante con Lisa Marie. O incluso en casa. Debería estar en cualquier lugar menos aquí.

"Déjeme contarle sobre Jimmy", respondo al oficial Healey. "Jimmy defiende a sus amigos, cumple su palabra y es la estrella de los equipos universitarios de fútbol y béisbol. No pudo haber planeado lastimar a ningún mexicano. Sobre todo a hermanos. Jimmy tiene un hermano menor". Llevo más de una hora aquí, siendo interrogada sobre Jimmy, sobre la noche del sábado pasado.

Me enderezo en mi asiento. "Y es importante que sepa que nunca he llamado a nadie "frijolero", y que nunca he escuchado a Jimmy usar esa palabra tampoco". El oficial Healey se encorva, escribe sus notas furiosamente sin mostrar acuerdo ni desacuerdo. Tiene mechones de pelo rojo, ojos llorosos y hace una mueca como si pensara intensamente. Podría ser cualquiera de los papás de mis amigos, un entrenador de fútbol o de la liga infantil, uno de esos padres ansiosos que se pasean nerviosamente de un lado a otro mientras sus hijos juegan un partido.

"¿Nunca Nadie en la escuela habló de salir y atacar a hispanos o a otros ciudadanos extranjeros solo por diversión? ¿Nadie usó el término de 'cazar frijoleros'? ¿Nadie dijo algo así en la escuela?" Me acomodé de nuevo en el borde de la silla de metal para mantener el equilibrio.

Desearía ser más alta. Me paso las manos por el pelo. Me lo debí haber cepillado hacia atrás, haber usado algo que no fuera negro, practicado sonreír como sugirió Lisa Marie. "¿Algo más que quiera decirme? Mejor hágalo ahora, señorita Thompson". Se aclara la garganta.

"Una pregunta más. ¿Fue Jimmy Seeger el autor intelectual?" Mi padre, quien está sentado a mi lado, se acomoda denotando su incomodidad. Es un hombre grande y le han dado una silla coja.

"Mire usted, mi hija no es una mentirosa".

"Papá…"

"Solo le estoy diciendo al oficial que no tienes nada más que decir".

El oficial Healey se levanta al mismo tiempo que nosotros. La silla de mi padre se cae al suelo y se termina de romper; él pone las dos piezas encima de la mesa como si de un cuerpo roto se tratara.

"Solo para que sepas, la víctima, Arturo Cortez, está en mal estado. Está en cuidados intensivos y si muere, acusaremos a tu novio de asesinato como un adulto. Tiene dieciocho años. Te lo preguntaré una vez más, ¿hay algo más que quieras agregar?"

"¿Y qué hay del otro hermano del que leí?"

"El hermano menor, Carlos Cortez, sufrió heridas leves. Es el que anotó la matrícula del vehículo. Un chico brillante. Ya le dieron el alta del hospital".

"Escuche, si hemos terminado, hemos terminado", dice mi padre, evitando el contacto visual tanto con el oficial de policía como conmigo.

Dudo un momento. Tengo una última cosa que preguntar. "¿Cuándo podré ver a Jimmy?"

"No lo harás", responde mi padre.

"Su familia tiene que pagar la fianza", responde el oficial Healey. "Si no, la cárcel del condado permite visitas de una hora dos veces por semana. Eso es para personas que no son abogados".

"¿Dos visitas a la semana?"

"Esto no es un campamento de verano", dice el oficial Healey, frunciendo el ceño. "Para visitar, debes tener dieciocho años y una identificación válida, o ir acompañado de un adulto".

"Olvídalo", dice mi padre. "Todo el asunto. Olvídalo. Vámonos".

"Mi cumpleaños es esta semana, ¿o también deberíamos 'olvidarlo'?"

Estudia sus zapatos desgastados de trabajo.

"¿Alguna otra pregunta?" pregunta el policía con voz ronca.

Me obligo a no decir nada. Me pasan un millón de preguntas por la cabeza, pero solo asiento. Este era el plan. Todos lo saben. Nadie habla.

El Oficial nos sigue hasta la entrada principal. "Si se te ocurre algo más, por favor llámame. Apreciamos tu cooperación".

Mi padre desliza la tarjeta en su uniforme de paramédico. Sé que no tendré nada más que decir.

Desde lo alto de las escaleras, el oficial Healey nos observa alejarnos en el auto. Conduzco lentamente el auto de mi madre por el abarrotado estacionamiento de la policía, un Mustang rojo, hoy mío. "*Autor intelectual*" esas palabras me pasan constantemente por la cabeza. Jimmy no es tan inteligente. Quiero decir, es inteligente, fue un Atleta Escolar del Año.

Manejo más lentamente de lo habitual.

No sé cómo sucedió, la noche del sábado pasado. No debía de haber sucedido. Pero todo lo que tengo que hacer es no decir nada y entonces quienes estaremos en el Mustang rumbo al Este, para ir a Montauk como estaba planeado, seremos Jimmy y yo. No diré nada; él estará de vuelta.

Fijo la vista ante mí. Estimo, 9, 6, 3 metros para salir, y seré libre, excepto que voy en la dirección equivocada.

"Gira a la derecha aquí", indica mi padre, "A la derecha. Tu otra derecha". Giro bruscamente a la derecha para salir del estacionamiento de la policía.

Mi padre entonces comienza a hablar de comida. De ir a almorzar al restaurante. Hamburguesas y aros de cebolla que son demasiado grandes. Incluso se atreve a sugerir una malteada de vainilla. Como es lunes no tiene que estar en el trabajo hasta las 4 de la tarde. Me sorprende su insistencia. No hemos salido a comer desde que murió mi madre. Ante la sugerencia del restaurante niego con la cabeza. Quiero volver a la escuela y encontrar a Lisa Marie y decirle exactamente lo que dije. Nuestra esperanza es que Jimmy y Sean salgan bajo fianza cuánto antes. Los detuvieron el domingo. Veinticuatro horas sin Jimmy es todo lo que puedo soportar.

"¿Estás bien?" —pregunta mi padre, sin querer realmente una respuesta. Así que le respondo con otra pregunta. "¿Sabes que estuve allí el sábado por la noche?"

"No quiero saber". Él suspira. Aumenta el espacio entre nosotros, "No necesito saber".

Entro al tráfico con el Mustang.

Sean Mayer
MEJOR AMIGO DE JIMMY

¿ESTÁS BIEN? Me pregunto por centésima vez desde que me arrestaron.

Sí, miento.

Nunca he estado tan solo como aquí, en una celda, con otros ocho tipos. Es la cantidad perfecta para un equipo de béisbol. Incluso huele a pies, sudor y orina, como en un vestidor. Pero nadie está bateando aquí dentro. La policía nos separó a Jimmy y a mí porque él tiene 18 años. Lo último que me dijo fué: "mantente fuerte".

Mantente fuerte y respira. Respira.

No puedo. Tengo miedo de cerrar los ojos en esta litera. Nunca me gustaron los lugares cerrados, la casa del árbol, la parte trasera de los autobuses. Me gusta jugar como jardinero, *jardinero central.* En campos de beisbol de pasto verde.

Tropiezo al bajarme de la litera bañado en sudor frío. Los otros están murmurando, riendo, hablando sin cesar de mí mientras intentan que no me dé cuenta. Que tengo miedo. Que soy un niño. Que soy blanco. No tengo ningún problema con ellos, especialmente al ser ocho contra uno. Pretendo que son el equipo contrario, intentando hacer que me desconcentre. Bloqueo su ruido como siempre lo hacía. Me aferro a las barras de metal. En algún lugar, las celdas se abren o se cierran de golpe y la reverberación del metal me taladra las manos y los hombros.

Respira. Respira. Recuerda los ejercicios de visualización. La primera vez, el agosto pasado, todo el equipo de fútbol se tumbó sobre las colchonetas del gimnasio después de un interminable entrenamiento bajo el sol. Nos faltaba Richie Alan, que se suponía que era el mariscal de campo y mi antiguo mejor amigo. Su padre había perdido su trabajo. Tuvieron que vender su casa y marcharse al departamento de su abuela en algún lugar de Queens, lo que bien podría significar que se mudaron fuera del planeta.

Bromeando, nos sentamos con las piernas cruzadas y cerramos los ojos. Cuando el entrenador nos pidió que "practicáramos mentalmente", hice reír a todos al decir: "Oh, sé lo que yo estaré practicando mentalmente". En realidad, en lo único que pensaba era en que quería jugar béisbol con la pelota y no pensar en ella.

Fue entonces que Jimmy habló en voz alta y clara. Dijo que sabía que habíamos jugado pésimo el año pasado. Que si realmente queríamos ganar, deberíamos estar dispuestos a intentar esto. Todos se miraron entre sí. No podíamos creer que Jimmy, el "nuevo", estuviera diciendo eso. Pero ese era el tipo de persona que era Jimmy, algo que yo iría aprendiendo más adelante".

"Déjeme tratar de ayudar a los muchachos a superar esto. ¿Entrenador?" Los dos chicos nuevos se analizaron el uno al otro, Jimmy y el entrenador Martínez. Jimmy tenía una forma de pararse con los hombros hacia atrás y las manos cruzadas al frente que yo ya estaba tratando de imitar. Era tan alto como el Entrenador, 1.92 ó 1.95. Podía quedarse asombrosamente quieto. Hizo eso ante el entrenador. "Solo quiero ayudar", le dijo al entrenador. "Solo quiero ganar". Jimmy ni siquiera parpadeó. Después de esa práctica, me paré frente al espejo en casa y practiqué quedarme quieto y sin parpadear.

El entrenador se cuadró ante Jimmy de forma burlona, un saludo como diciendo 'adelante, inténtalo'. Todos estábamos callados, habíamos dejado de bailotear en los pantalones cortos de deportes, de rascarnos los granos. Seguimos a Jimmy con los ojos.

"Escuchen. Vamos a respirar como dijo el entrenador", gritó Jimmy. "Respiren. Respiren". Y así lo hicimos. Hasta que nuestras respiraciones, bocanadas de aire, estuvieron sincronizadas con las suyas, hasta que, como él, pudimos ver que esta temporada ganar era una posibilidad.

Ahora, no queda imagen alguna en mi cabeza, excepto una. La de él. Arturo Cortés.

Respira. Respira.

¿En qué estabas pensando, Sean? ¿Qué creías que estabas haciendo? ¿Qué imaginabas que pasaría, Sean? Mi padre no lo podía entender y no lo ayudé a hacerlo esta vez. Estaba cubriendo a Jimmy. Estaba repasando sus jugadas. No estaba pensando.

Me presiono contra las barras como si estuviera en la sala de pesas. Gruño por el esfuerzo de intentar levantar lo que no se puede levantar. ¿Qué pasa en la cárcel si dejas de respirar?

Lisa Marie Murano
LA MEJOR AMIGA DE SKYLAR

"ESCUCHA, no tengo mucho tiempo. ¿Confías en mí?"

"Siempre".

"¿Y Lisa Marie?"

"Jimmy", murmuro, aunque fácilmente podría gritar en voz alta, anunciar al mundo que Jimmy me llama desde la cárcel. Estoy estacionada en la parte trasera del estacionamiento del restaurante. El Camaro está encendido; el aire ruge enfurecido. Aun así, todavía puedo oler el hedor a pescado proveniente de la cocina del restaurante. Cuando algo huele tan mal como aquello, no puedes escapar. Gatos salvajes blancos y negros se cruzan delante de mi parachoques como si estuvieran enloquecidos por las posibilidades.

"No tenemos mucho tiempo para hablar y necesito que"...

El reloj brilla en la oscuridad. A las nueve he quedado con Skylar en nuestra otra cafetería. Son casi las nueve. No le menciono esto a Jimmy. No me malinterpreten, no es mi intención que esto sea una "mentira por omisión", como diría mi padre, que sólo significa que sabes algo y no lo dices. Simplemente no quiero que Jimmy se sienta mal por no encontrarse con nosotros como siempre.

Aún así, tengo que preguntar: "¿También has llamado a Skylar?".

"Llamaré a Skylar en cuanto pueda. ¿Se lo dirás?"

Estoy hipnotizada por los gatos que merodean, a la caza de alguna cosa.

"¿Estás ahí, Lisa Marie? Siento que todo el mundo se está alejando …"

"Estoy aquí, Jimmy. Estoy concentrada. De veras".

Un gato maúlla.

"Está bien. Necesito que lo estés. Sabes que Skylar no puede manejar esto. Tengo miedo. Por ella. Ella podría hacer o decir cualquier cosa. Escucha, necesito que ayudes a todos a no perder la cabeza, especialmente a ella. Asegúrate de que todo el mundo sepa"…

"Todos lo saben, nadie habla", le susurro al móvil aunque estoy sola. "Ese es nuestro mantra".

"¿Nuestro qué?"

"Mantra".

"¿Nuestro qué?"

"Nuestra porra o llamado, aunque por supuesto no lo vamos diciendo en los pasillos de la escuela. Mantra"… Siento un nudo en el pecho. Quiero su aprobación más que la de cualquier otra persona en mi vida y, no me malinterpreten, normalmente no busco la aprobación de nadie.

Hay silencio del otro lado de la línea. No estoy segura de si algo está mal. Él suelta una de sus profundas carcajadas y yo suspiro de alivio. "Habla inglés, L.M. Ese es el problema. Que ya nadie lo habla". Prácticamente grita esto por el teléfono como si quisiera asegurarse de que los demás lo escuchen. Me enfoco en el "L.M". Solo Jimmy me llama L.M. Él me dio ese apodo como un regalo y ya lo empiezo a extrañar.

"Todos lo saben, pero nadie habla", repito firmemente. Debo mantener a todos unidos y en sintonía. Debemos permanecer juntos. Fue un terrible error lo que pasó. Se suponía que era solo diversión. No sé qué salió mal el sábado en la noche, ninguno de nosotros realmente lo sabe. Pero no puede ser exclusivamente culpa de Jimmy y Sean. Jimmy no puede ser culpable de … no, no lo es. Tampoco lo es Sean. No merecen esto. Son mis amigos. Eso es lo que continuamente me digo.

Dos gatos persiguen a otro. Cruzan corriendo el estacionamiento mientras le gruñen al tercero, que es el más flacucho, uno con ojos amarillos.

"Lisa Marie, ¿has hablado con tu papá? ¿Me ayudará?"

"No lo he hecho. Pero lo haré".

Me humedezco los labios, busco mi brillo de labios. No es la primera vez que pienso en lo diferente que habría sido este último año si Jimmy me hubiera conocido sin Skylar. Ahora, no me malinterpreten, estoy muy contenta de que Skylar tenga a Jimmy. Él ha estado ahí para ella cuando realmente necesitaba a alguien.

"¿Lisa Marie?"

Me sobresalto. Estoy aquí para él. Necesita saber que siempre estaré allí para él, pase lo que pase, no importa si Skylar ... No, no puedo pensar en eso. Skylar le va a ser fiel. Me aseguraré de eso.

"¿L.M.?", le grita al teléfono. Él me desea. Me necesita. No es la primera vez, pero ahora no voy a pensar en eso. Voy a concentrarme.

"Jimmy"...

Justo enfrente de mi coche, dos gatos se abalanzan sobre el escuálido de ojos amarillos sin ninguna razón que yo perciba. Esto no es justo, pienso, y toco el claxon, haciendo que todos salgan disparados hacia los rincones.

"Jimmy", digo con el corazón palpitante. "Estoy aquí para ti".

Skylar Thompson

EL RESTAURANTE. No el que huele a pescado. El King's Diner cerca de la autopista, la L.I.E (Long Island Expressway), con las luces de neón, las cabinas estilo art decó y las rocolas. Ese es nuestro restaurante. Lisa Marie dijo que nos viéramos en el restaurante esta noche. No queríamos hablar en la escuela. Nadie habla allí. Llegué justo a tiempo. Nueve p.m. Odio llegar tarde. Es la única cosa en la que me parezco a mi padre.

Cuando Lisa Marie entra apresuradamente, cuarenta y cinco minutos tarde, se desliza en la cabina junto a mí. Me abraza con fuerza. Esperaba ese abrazo. Tiene noticias de su padre, abogado. Por eso llega tarde.

"Jimmy y Sean han sido acusados. De agresión", dice Lisa Marie, sin aliento. "Los padres de Sean obviamente pagarán la fianza mañana. Lo siento".

Tengo la garganta seca. Necesito un vaso de agua. No hay personal en el comedor. Es tan tarde que el King's Diner huele a productos de limpieza, a restos de café molido, a camareras con humo de cigarrillo y perfume impregnado en el pelo... y no sé a qué más. Quizás llueva esta noche. A mi madre solían encantarle las lluvias primaverales. Estas copiosas lluvias, solía decir ella, ayudan a que las flores crezcan. A que la hierba huela a verde, como si el verde fuera un olor.

Me toma un momento asimilar lo que dijo Lisa Marie. Los padres de Sean están pagando la fianza. Los de Jimmy no.

"¿Te sentaste derecha y los miraste directo a los ojos, Skylar?"

Cuenta los coches que se adentran en la niebla. Mira las ventanas empañarse con el aliento. Jimmy, él ama el océano bajo la lluvia. No había nadie en la playa cuando fuimos a Montauk durante la lluvia torrencial de fin de verano. Nadie excepto nosotros. Dijo que quería besarme por primera vez donde el aire era más puro. Seguía oliendo a sal de mar incluso una semana después. Yo también. Ahora no puedo mirar a Lisa Marie.

"Skylar. Tienes que confiar en mí".

"¿Sabes? Muchos de los restaurantes están cerrando en Long Island. Solíamos tener media docena aquí. Jimmy dice que ya nada es como antes. A mi padre y a mi madre siempre les gustó este restaurante más que cualquier otro; solíamos cenar aquí la mayoría de los sábados por la noche. ¿Quizás deberíamos escuchar algo de música? ¿Recuerdas cuando nos escapamos de la escuela en el cumpleaños de Jimmy e irrumpimos aquí para tomar rondas de malteadas? El mes pasado. ¿El primero de mayo?"

Uñas rosas repiquetean en el cuero rojo falso de la mesa de la cabina. ¿Cuándo ha tenido tiempo Lisa Marie de hacerse un manicure, o de maquillarse, o de comprarse lo que parece ser un nuevo suéter rosa de cuello alto sin mangas que muestra sus brazos esculpidos tras un intenso invierno de entrenamientos?

Mordisqueo mis labios.

"Skylar. Concéntrate. Jimmy está en la cárcel del condado y no sabemos por cuánto tiempo. Eso no parece justo en absoluto. ¿Qué le dijiste a la policía? Todos tenemos que decir lo mismo. Tenemos que confiar los unos en los otros para hacer esto".

No confíes en mí. Tómame el pulso. ¿No te das cuenta de que mi corazón se parte en mil pedazos? "¿Vas a ordenar, cariño?" Reconozco a nuestra mesera. Vive a la vuelta de la esquina, está divorciada, tiene dos hijos, ya mayores, viviendo con ella; deben tener unos veinte años. Tiene el pelo de un amarillo poco natural, las cejas depiladas de más y un obvio intento de dibujarlas de nuevo con un lápiz para cejas. Sus dientes frontales sobresalen. El olor a comida frita se esparce a su alrededor. Tal vez era linda en su día. Tal vez tuvo a su Jimmy y algo salió terriblemente mal.

La miro fijamente. Lo sé. Soy descortés. Ella me lanza una sonrisa amarga.

Ella también me conoce.

"Claro", digo, fingiendo estudiar el menú de tamaño excesivo.

"Jimmy Seeger es un buen chico", dice ella. Su voz está afectada por los cigarrillos. "Conozco a su madre. Trabaja en la Farmacia Familiar. Va a nuestra iglesia. Quizá no pasó nada. Tal vez no fue su culpa. Defensa propia. Nos están invadiendo. Les doy mucho crédito a los chicos por hacer algo al respecto. Nadie más lo hará". Un ataque de tos la obliga a doblarse, antes de enderezarse y sonreírnos. "¿Qué les sirvo, chicas?"

Pido huevos fritos y pan tostado integral. Una malteada de vainilla. Lo de siempre. Para colmo de males, voy a engordar.

"¿Por qué Jimmy aún no me ha llamado?"

Lisa Marie toma cada una de mis manos entre las suyas. "Lo hará".

"Necesito escuchar su voz". Duele, físicamente duele, en la boca del estómago, decir cuánto lo necesito.

Le aprieto las manos en respuesta. Nos aferramos la una a la otra hasta que llegan los huevos oliendo a huevos y grasa. No puedo comer.

"¿Qué le dijiste, Skylar? ¿A la policía?"

Todo fue un error. Si hubiera sabido que eran hermanos esto nunca habría sucedido. Un error. Pero yo no dije eso.

Mi padre dijo que es probable que el que está en el hospital salga de allí antes de que Jimmy salga bajo fianza. Esa gente, dijo, está acostumbrada a mucha más actividad física que cualquiera de nosotros. Necesitan volver al trabajo, por lo que se recuperan más rápido. Unos cuantos puñetazos de unos chicos de secundaria no van a matar a alguien así, añadió. Unos cuantos puñetazos.

Necesito ver a Jimmy. Necesito oír su voz. Saber que está bien.

Escucharlo decir que está bien. Que me abrace como nadie más puede hacerlo. Y estoy segura de que él también necesita saber que estoy aquí para apoyarlo, que siempre lo estaré, que su plan para el año que viene sigue en pie, que vamos a tomarnos un año sabático, para navegar desde Montauk hasta Florida en el bote de su abuela, y que dejaremos todo esto atrás.

Un error. Yo no estaba allí, eso es lo que le dije a la policía. Eso debería ser el final de lo que tengo que decir. No estuve allí. Tres palabras. Nadie sabe que estuve allí excepto mi padre y Lisa Marie. Una mentira. Aun así, a veces es peor decirle a la gente la verdad aunque digan que quieren oírla. Las madres mueren. Y tienes que vivir con lo que dices por el resto de tu vida. Con el error de decir lo que crees que es la verdad. La verdad miente. La verdad es…

"Concéntrate. Skylar. Concéntrate. Estamos todos juntos en esto", dice Lisa Marie, hablando demasiado fuerte para mi gusto. "Elegiste el lado de Jimmy hace mucho tiempo, ¿no es así? ¿No elegiste su lado?"

Parto el pan tostado por la mitad, luego en cuartos, luego en octavos y en dieciseisavos, llevando la cuenta matemáticamente, manteniendo la cordura. "¿Por qué Sean sale bajo fianza y Jimmy no?"

"¿Sabes por qué Jimmy no está en libertad bajo fianza?". Da un sorbo a su habitual café negro. "No está en libertad bajo fianza porque su familia no puede permitírselo. Eso dice mi padre. Consiguieron dinero para un abogado, pero no para la fianza. Y estoy segura de que estás preocupada por Jimmy. Yo también lo estoy. Estoy preocupada por Jimmy. Y también por Sean". Hace una pausa hasta que la miro. "Nos necesitan para sobrevivir a esto".

El padre de Jimmy está discapacitado desde el 11 de septiembre. Ni siquiera es dueño de la casa en la que viven. Su familia se mudó el pasado agosto para acercarse a la ciudad desde Montauk. La casa es vieja. Descansa sobre las vías del ferrocarril de Long Island. Jimmy detesta esa casa. Dice que puede saber la hora por los trenes. Que suenan como si atravesaran su dormitorio. Jimmy siempre dijo que ahora sólo los muy ricos o los muy pobres pueden vivir en Montauk, por eso sus padres se mudaron aquí.

Lo conocí un mes después de la muerte de mi madre.

Ni siquiera tiene coche propio.

"¿Así te veías cuando hablaste con la policía?" Lisa Marie me escudriña.

Me cubre una amplia camiseta negra. Mis brazos están delgados y sin forma. Llevo unos mallones negros de lycra. He perdido al menos diez kilos desde que murió mi madre y mi padre empezó a trabajar a doble turno. Los dos solemos olvidarnos de comprar alimentos. Dejo caer la cabeza. El cabello impide mi vista.

Lisa Marie continúa mientras yo me desplomo. "Llevaba un vestido de tirantes color verde limón cuando me reuní con la policía. Todo el mundo me miraba. Pensé que sería como uno de esos programas de policías en los que juegan al policía bueno/policía malo y uno de ellos es cruel y el otro intenta convencerte con palabras bonitas. No fue así. Simplemente creyeron todo lo que dije".

Me obligo a comer un pedazo de pan tostado, mastico y me dan ganas de vomitar.

"¿Sabías que esos dos hermanos no eran de México?" Lisa Marie lo dice sobre su taza de café. Le brillan los ojos. Últimamente le ha dado por usar pestañas postizas. "Son de El Salvador".

"¿Dónde queda eso?" Tengo problemas geográficos. Matemáticas es mi asignatura, aunque no sé qué haré con ella. Enseñar, tal vez.

"Lejos de aquí. ¿Importa? Qué sean de El Salvador. De México. No son de aquí. Concéntrate en lo que importa. En Jimmy. En Sean".

Aquí es un mundo propio. Mucha gente que ha crecido aquí nunca se va -como mi padre- o vuelve para criar a sus familias después de vivir en otro sitio. Eso es lo que hizo mi madre después de ir a la universidad en Boston. Y todos los que trabajan en Manhattan toman el mismo tren para ir a casa todos los días. Aquí está la escuela. Nunca he sido lo suficientemente inteligente para los cerebritos, a pesar de que siempre he estado en la mayoría de sus clases. Nunca he sido porrista. Nunca me han gustado los deportes, nunca he sido una chica atlética. Nunca he estado en la banda. En lugar de eso, vivo en esa tierra intermedia, flotando, al menos así era antes de conocer a Jimmy. Fui al kínder con la mayoría de la gente de mi clase de preparatoria. Sean y Lisa Marie viven en mi cuadra. Conozco a Lisa Marie desde que yo estaba en segundo grado y ella en primero. Quizá nunca fue la mejor alumna de su clase -sin duda la ayudé con geometría y álgebra sobre la marcha-, pero ella presta toda su atención a lo que decide que es algo que lo amerita: la campaña anual de donación de sangre, sus amigos, yo. Ella fue mi mejor amiga cuando nadie más lo fue. Pero cuando Jimmy se mudó a nuestra ciudad el verano pasado, todo cambió para mí, todo cambió para todos aquí..

Tomo un sorbo de mi vaso de agua turbia. Si no me muero de tristeza, el agua del restaurante sí me va a matar.

Lisa Marie me mira extrañada.

"¿Tu padre cree que Jimmy va a tener que quedarse en la cárcel?" le pregunto.

"A menos que su familia pueda pagar la fianza por él".

"¿O hasta que haya algún tipo de juicio?". Pregunto angustiada. "Sí. O a menos que lleguen a un trato".

"¿Un trato?"

"Skylar. Por favor, concéntrate. Podría haber un juicio. O podrían hacer algún tipo de acuerdo especial, eso es un 'trato'. "

"¿De qué tipo?"

"¡Skylar! Esto es lo que pasa cuando te declaras inocente".

"¿Inocente?"

"Inocente. Recuerda, Skylar. Inocente. No hay nada más que decir después de eso. Inocente".

Quiero decir más, pero sé que Lisa Marie no quiere escucharme divagar sobre Jimmy, de aquella noche, del incidente, de la idea de que la gente podría pensar, o ya piensa, que somos una especie de grupo horrible de chicos... y no lo somos. Esa es la verdad.

Lisa Marie me clava sus uñas rosas en las muñecas. Su aliento huele a enjuague bucal de menta. "Ninguno de nosotros es culpable. Recuerda eso. Sigue diciéndolo. Dilo ahora".

Si abro la boca, podría decirlo. Inclino la cabeza hacia atrás. Me mareo con lo que podría decir.

"¿Estás bien?" pregunta Lisa Marie, cercana y lejana a la vez, un poco borrosa.

"Sí", miento.

Lisa Marie Murano

Todos lo sabían. Nadie habló.

Doy vuelta en la curva hacia el corazón del barrio, hacia mi casa, acelerando mi Camaro. Los altos y frondosos árboles proyectan sombras. Las calles vacías se estrechan. Es como si yo fuera la única con vida.

¿Qué sabía todo el mundo? Que Jimmy y Sean y una variante banda ambulante de una docena de otros estudiantes salían a cazar frijoleros todos los sábados por la noche durante meses. Era sólo un juego, era divertido, no era nada... al principio. Jimmy se lo tomaba a broma, diciendo que tenían que salir a patrullar, que tenían que cazarlos y echarlos de nuestras tierras, que era como un videojuego, pero mejor. Nos estaba protegiendo a todos. Por una vez, algo era emocionante en nuestras vidas. La cosa es que Jimmy es un líder nato. Va a ser general o presidente de algo grande. Estoy tratando de ser muy analítica y poco emocional acerca de todo esto. Tengo que serlo. Sobre todo porque le prometí a Jimmy que lo sería.

La cuestión es que la policía nos pide a todos que hagamos declaraciones de manera voluntaria. Nadie habló. Quiero decir, Skylar y yo hablamos con la policía, pero no dijimos nada. Al menos, estoy segura de que yo no dije nada.

Pero como dije. Todos lo sabían.

Skylar entiende esto. Como la novia de Jimmy y mi amiga, mejor que sea lo suficientemente lista para saberlo. Quiero decir, sé que es inteligente, pero Skylar también puede ser muy torpe. No me malinterpreten, hemos sido amigas desde que me mudé enfrente de ella en primer grado. Ella estaba en segundo, era la hermana mayor que siempre quise tener, incluso con sus alborotados mechones de pelo entre rubio y castaño con los que nunca hacía nada excepto recogérselos en la nuca. En mi caso, he sido una rubia perfecta desde que pude decir: "Salón de Belleza, mami".

Cuando su madre murió de cáncer en los ovarios, yo fui la primera en llegar a su casa, la envolví con un abrazo al estilo Lisa Marie, me ofrecí a ayudarla, la animé a que hablara sobre la partida de su madre. Lo único que dijo fue que su madre no "partió", sino que "murió". Estoy pensando en ser psicóloga o estilista de moda, no he decidido aún qué, pero podría haberla ayudado más si me hubiera dejado. Algunas personas, como mi madre, se preguntan por qué sigo siendo su amiga. Es imposible para mí no seguir siendo amiga de Skylar. Esa es la clase de persona que soy. Leal a mis amigos.

¿Cómo terminaron juntos Jimmy y Skylar? Fue después de que su madre muriera, el verano pasado. Skylar se negó a salir de su casa excepto para el funeral. Tuve que rogarle esa noche de agosto que viniera conmigo a la fiesta en la piscina de Jake.

Se había pasado todo el verano metida en su casa y estaba con una palidez fantasmagórica alarmante, delgada, con el pelo sucio y enredado, suelto cayendo por su espalda. Para la fiesta llevaba puesto un grueso suéter negro, pero no dije nada. A veces aquellas fiestas estaban tan concurridas que no había nadie, ya me entienden, nadie que fuera alguien.

Pero esa noche de verano, en agosto, fui a esa fiesta por ella, y Jimmy estaba allí con Sean. Jimmy era nuevo en la ciudad. Tenía el pelo corto como si ya fuera miembro de la Marina. Llevaba una camiseta polo beige, no se encorvaba ni esbozaba sonrisas bobas como Sean con su camiseta de béisbol manchada de sudor. Y de todas las personas, Jimmy decidió que Skylar era interesante. Incluso usó esa palabra.

Nunca estuve segura de lo que Jimmy quería decir con: "interesante". No me malinterpreten, me alegré mucho cuando Jimmy y Skylar empezaron a salir juntos. Ella necesitaba a alguien con quien hablar. Por alguna razón, ese alguien no era yo, y Jimmy es un oyente muy intenso con esos ojos magnéticamente azules. Sus ojos se encienden cuando alguien le habla y sientes como si fueras la única persona en el mundo que está con él. Él la salvó de sí misma.

A las pocas semanas de aquella fiesta, Jimmy transformó la vida de Skylar. Se lavaba el pelo, al menos por lo que vi. Y su padre la dejaba hacer lo que quisiera, y todo lo que ella quería era estar cerca de Jimmy. Al menos eso era normal. Y eso era lo que yo deseaba para Skylar con todo mi corazón, yo quería que dejara de andar como sonámbula por la vida. Jimmy estaba hecho de acción e ideas y nos hacía sentir a todos que teníamos una razón para ir a la escuela todos los días.

Nunca me he considerado ingenua, pero ¿he sido ingenua acerca de Jimmy?

Absolutamente no, lo decido al instante.

Jimmy es perfecto de una forma en la que pensé que un chico nunca podría ser: divertido y serio, genial en los deportes y bueno en sus clases. Se lleva bien con todo el mundo, con los profesores y con los padres. Es sencillamente guapísimo. No me malinterpreten, sé que es cien por ciento fiel a Skylar.

Desde que Jimmy y Sean fueron arrestados el domingo, Skylar ha estado frenética. Ahora es lunes por la noche. Tiene que calmarse. Tiene que entender que esto es de vida o muerte, o no voy a ser su amiga. Nadie será su amigo si le cuenta algo a la policía.

Retrocedo el carro hasta la entrada de mi casa. He llegado antes que Skylar. Al otro lado de la calle, su casa no tiene luces encendidas: ninguna encima del garaje para un solo coche, ni en su único baño, ni en su pequeño y solitario dormitorio, ni en el de su padre. Nada ha sido remodelado, renovado o actualizado en esa casa. Incluso el césped, lleno de matas y maleza, es más marrón que verde.

Es lamentable. Veo la voluminosa silueta del padre de Skylar en la oscuridad de su cocina.

Cuando murió mi perro, Treasure, mi madre me dejó llorar solo un día y al anochecer me dijo que ya era suficiente, que era hora de seguir adelante.

Observo la casa de Skylar un momento más. Sé que ella conduce más despacio que nadie, pero ¿dónde está?

El viento aumenta. Las copas de los árboles se sacuden contra los cables eléctricos. El olor a palomitas flota en el aire, seguramente desde la casa de Sean, al lado de la de Skylar. Su madre siempre hace palomitas cuando está molesta, o cuando no lo está. Respiro hondo, el aire no tiene calorías. Como no puedo esperarla toda la noche, entro a mi casa que si está bien iluminada. Me detengo en el dormitorio de mis padres. Mi padre, un hombre delgado, ronca ruidosamente en la cama con su pijama de los Yankees. En la televisión de pantalla plana emiten el juego de los Yankees. Van ganando 2-0 a los Indios.

El domingo, mi padre se rió cuando se enteró de que los chicos iban a "cazar frijoleros" el fin de semana y dijo que eran unos novatos. Mi padre tiene un sentido del humor retorcido. "Normalmente los policías de aquí ni siquiera detienen a chicos como ellos. Se marchan con un tirón de orejas. La policía no quiere arruinar la vida de esos chicos arrestándolos. Y esa gente nunca presenta cargos porque son ilegales. No quieren problemas. Deberían haber actuado rápido y escapar". Pensé que hablaba de los mexicanos, pero se refería a Jimmy y Sean. Mi padre es abogado, pero según mi madre, no es muy bueno, o al menos no uno muy rico.

Esta noche, mi madre deambula fuera de su baño, mojada. Su bata de baño blanca, ligera y delicada se ciñe sobre sus delgadas caderas. "Necesito otra pastilla para dormir". Saca dos de un frasco que está en su mesita de noche junto a un vaso de vino blanco.

"¿No es horrible, ángel? ¿Cómo pudieron hacer eso esos chicos? ¿Golpear a alguien que ni siquiera conocían? ¿Cómo se llamaba?" Se toma las pastillas con el vino.

No quiero decir su nombre.

"¿Cómo pudo Sean estar involucrado en esto?"

"No lo estaba. No realmente".

"Estaba el hermano del chico. Debe haber visto algo. ¿Cuáles dices que son sus nombres? ¿Martínez?"

"Ese es el nombre del entrenador, mamá".

Con las manos se esponja su corto pelo rubio con mechas. "Y lo que es más importante, ¿qué le dijo Skylar a la policía?".

"Nada. Ella no sabe nada, mamá".

"¿Estás segura? Las dos tienen toda la vida por delante. Las vi crecer, bueno, no exactamente juntas. Su madre era un poco rara, y Skylar también es así, ¿verdad? El hecho de que nunca haya tenido una mejor amiga de su edad, que siempre dependiera de ti, debí haberle dicho algo a su mamá hace años. Pero nada de esto importa, excepto tú, ángel. No quiero que nada de esto te haga daño. No quiero ninguna culpa por asociación. No sabías nada de esto, hasta donde yo sé. Estabas en una fiesta".

El que protejas a tus amigos no te hace culpable, ¿verdad? ¿Verdad que no? No me siento culpable en absoluto.

"Estaba en una fiesta". La miro directamente a los ojos enrojecidos. "En casa de Skylar", añado, aunque eso no se podría llamar una fiesta exactamente. Ni siquiera entramos en su casa. Sólo éramos Skylar y yo despidiendo a Jimmy y Sean, que se iban a hacer lo suyo.

"Tú no bebes. No consumes drogas. ¿Cómo pueden pasar cosas así? Algunas personas en el pueblo dicen que esos hispanos provocaron la pelea cuando Jimmy y Sean sólo se ofrecían a llevarles. Aunque, ¿por qué harían eso? ¿Ofrecerles a unos hombres como esos un aventón? ¿Y qué es eso de ir de "cacería de frijoles"? ¿Has oído hablar de algo así?"

"¿"Cazar frijoles", mamá?" Sonrío ante su torpe traducción. "Nunca".

Se da la vuelta. Se acerca a mí. Su aliento es afrutado y rancio. "¿Qué no se llama Arturo Cortez, el que está en los cuidados intensivos? Espero que esté bien, no querrás que todo esto sea más grave". Se acaba su vino. Ojalá pudiera probar un poco. También tomarme una pastilla. No quiero pensar más.

"Es horrible, ángel. ¿En qué clase de pueblo creerá la gente que vivimos?"

¿Qué gente? La única gente que me importa, vive aquí. "Arturo Cortez es su nombre, ¿no?" Ella insiste en la forma que lo hace cuando bebe demasiado. Tira de las mantas blancas como la nieve de su lado de la cama grande.

"No lo sé. Los llamábamos "frijoleros"".

"¿Hay algo que quieras decirme, sólo para desahogarte? No saldrá de este dormitorio. Ni siquiera se lo diré a tu padre". Me coge la mano. Lleva mi palma a su mejilla. Su piel está húmeda y fría.

Todos lo sabían. Nadie habló.

"Nada, mamá. Quiero decir, no, mamá, escúchame, te he dicho todo lo que sé".

"¿De verdad?" dice, cerrando los ojos. "No te creo".

Tommy Thompson
PAPÁ DE SKYLAR

TRABAJO PARA LA CIUDAD como paramédico. Skylar y yo podemos permitirnos vivir aquí porque los padres de Renee nos heredaron la casa. Miren, incluso ahora nunca hubiera podido comprar una casa en este vecindario con mi salario.

Los padres de Renee eran los propietarios originales. Cumplieron sus treinta años y pagaron la hipoteca. No tengo que pagar una refinanciación, ni pedir prestado a mis parientes, ni añadir un apartamento ilegal para cubrir nuestros gastos mensuales, como hacen muchos de mis vecinos.

Estoy parado aquí a oscuras, mirando por el ventanal y pensando en mis vecinos.

A algunos les va bien. Algunos están viviendo las vidas que pensamos que tendríamos aquí. Desde fuera nunca se sabe cuáles no están bien. Todavía hay mucha gente que tiene jardineros por aquí, como la amiga de Skylar, Lisa Marie, al otro lado de la calle. Un mexicano con una podadora, y en un dos por tres el césped está cortado. A mí me gusta cuidar de mi propio jardín. Es un buen ejercicio y me ahorro unos dólares.

Mis suegros compraron aquí cuando todavía había campos de papas alrededor. Mi suegro era un veterano de la Segunda Guerra Mundial, creció en un edificio de departamentos, y compró esta casa con una hipoteca de la Administración de Veteranos. Claro, en aquel entonces el constructor solo les vendía casas a los blancos. No importaba si un hombre negro también era veterano. No había hispanos con los que lidiar en aquel entonces. Tal vez sea mejor que ellos tengan sus ciudades y nosotros las nuestras.

No sé si es así en todas partes, pero aquí es así. No es que tenga nada en contra de nadie.

Miren, trabajo para la ciudad. PARAMÉDICO. Trabajo con todo tipo de gente y me llevo bien con todos. Y en estos días no hago mucho más que trabajar. Me estoy matando para enviar a Skylar a la Universidad de Boston, donde estudió su madre. Su madre, mi esposa, Renee, que en paz descanse, y yo siempre quisimos lo mejor para Skylar. Si su madre aún viviera, sabría qué consejo darle.

Al menos Skylar no estaba en el coche con ese cretino el sábado pasado. Ella jura y perjura que no estaba en su coche esa noche. Eso es todo lo que le pregunté. No quiero saber nada más. Yo estaba en el trabajo, así que no sé dónde estaba, pero ella nunca nos ha mentido ni a su madre ni a mí. Eso es lo que le dije a la policía.

Nadie dice que necesite un abogado, ¿y por qué debería? Ella no estaba ahí según lo que respecta a cualquiera. No sabe nada. No dice nada más. Claro que lo siento por el chico en el hospital. Nadie debería recibir una paliza así. Pero si mi hija dice que no tuvo nada que ver con eso, pues no tuvo nada que ver. Miren, no sé nada acerca de Jimmy. Siempre intentaba conversar conmigo sobre no sé qué. La semana pasada, tal vez el viernes -sin Renee todos los días transcurren de la misma manera, pero debe haber sido el viernes porque Jimmy estaba aquí- estábamos teniendo una conversación perfectamente normal sobre nada, sobre los Mets, mi equipo, y él comenzó a criticar a su entrenador. Esto le llevó a hablar sobre todos los ilegales, los tipos con esas camisas de franela acolchada, en el Mercado de Descuentos cerca de la L.I.E. en busca de trabajo cada mañana. Cómo deberían ser detenidos y repatriados. Yo no estaba ni de acuerdo ni en desacuerdo con él. Lo único que quería hacer era sentarme en mi silla y ver el partido. Me miró y sé lo que vio: un tipo con una gran barriga, con más pelo saliendo de sus orejas que en su cabeza.

Tal vez Jimmy tenía razón en algunas cosas, pero no soy de los que buscan problemas. Dijo que teníamos que defender nuestra forma de vida. Yo le dije que la defendía cada día yendo a trabajar.

Él no estaba en contra de la inmigración legal. Le pregunté cómo había llegado aquí su familia, o si eran indios americanos. Me dijo que la familia de su madre poseía tierras de cultivo en South Fork desde 1700. Dijo que los documentos de su familia están en holandés, pues eran los que estaban a cargo aquí antes de los ingleses. Le dije que qué bien por él. Puede dar lecciones de historia. El padre de mi padre mintió sobre su edad y vino en barco, de rodillas todo el camino. Le llamaban el Gran Sueco. ¿Por qué no darles una oportunidad a estas personas?

Decía que nos robaban el trabajo. Yo le dije que ellos hacían los trabajos que nadie más quería.

"¿Quiere que vivan junto a usted? ¿Veinte, treinta o más mexicanos amontonados en una casa?"

No quiero que vivan a mi lado, en eso me ha atrapado.

"¿Qué hay del futuro de Skylar?"

Skylar había entrado en la sala de estar. Deseé tener una casa más grande en ese momento. Pero tengo que admitir que Skylar y Jimmy se veían bien juntos. Él deslizó su mano contra su cadera. Ella se acercó a él, pareciéndose tanto a su madre que me oprimió el pecho. Mi pulso se aceleró. Tuve que sentarme, pero era mejor estar de pie y parecer un padre preocupado, asintiendo con la cabeza, sin decir nada, concentrándome en mantenerme en pie.

Todo el mundo sangra rojo. Eso es lo que siempre dice mi compañero cuando intentamos mantener con vida a algún delincuente, zorra o vago. Simplemente no quiero que sangren sobre mi césped o sobre mi hija. Pero no dije eso; estaba completamente agotado. Dejé que Jimmy tuviera la última palabra.

Y miren, Jimmy es un tipo persuasivo, lo es. También es guapo.

Yo solía ser así de guapo -también salía con las chicas-, pero eso sólo me hizo pensar que no tenía que prestar atención a la ley como los demás. Mi pecado eran los autos rápidos. Carreras de velocidad por la L.I.E. Ahora conduzco una ambulancia para la ciudad. Que ironía.

Pero desearía saber cómo hablar con Skylar. La semana pasada, no sé qué día, ella iba a salir y era tarde, pasadas las diez. Yo llegaba dando tumbos después de un turno doble. Intenté hablar con ella. No quería que se fuera. La quería en casa conmigo. Quería que volviera a ser una niña pequeña y corriera a mis brazos, en lugar de mirarme con esos grandes ojos verde avellana como si yo fuera el padre más perdedor del mundo.

Por primera vez en muchos meses sombríos, quería hacer algo normal, como ir al cine o a cenar. Un niño cree que un padre es sólo un padre, pero somos una mezcla de recuerdos, esperanzas, deseos. Ella piensa que solo ella tiene esas cosas. Lo único que yo podía pensar era: esto apesta.

Como siempre Skylar me pidió dinero. Gruñí, esforzándome por sacar mi cartera, como un zombi. Me forcé a decir como cualquier padre normal: "¿Adónde vas? Es tarde".

"Me voy a ver con Jimmy y todos los demás".

Me quitó un billete de veinte de la mano. Sabía que había algo más en sus planes. Tenía que haberlo dicho. ¿Adónde iban? ¿Con quién exactamente? Estas son las preguntas que cualquier padre normal le hace a su hija adolescente, ¿verdad?

No es que nada de eso importe ahora. Un joven se está muriendo en el hospital. Desearía haberle dicho: "Detente. Piensa en lo que estás haciendo. Piensa en el futuro. Piensa que te quiero, y que eso es lo más grande que puedo darte: algo mejor que el dinero o que tus amigos, es la seguridad del amor de tu padre y de tu madre. Pero cuando abrí la boca, lo único que dije fue: "Ten cuidado con el coche de tu madre".

"Ahora es mío, ¿recuerdas?", fue todo lo que dijo y me dejó hundido en mi silla.

Ahí es donde estoy ahora, en mi silla, apachurrado como una

babosa. Estoy pensando en detener a Skylar antes de que se acueste para poder hablar. Veo a Lisa Marie estacionarse en la rampa de entrada a su casa.

Y miren, pronto este tipo, gordo y calvo, estará dormido como un hombre muerto en esta silla.

Skylar Thompson

ESTOY ESPERANDO a que Jimmy llame, que Sean vuelva a casa, lo que se supone que ocurrirá alrededor de las cuatro de la tarde según Lisa Marie. O a que se acabe el mundo, mientras vago de una asfixiante habitación a otra. Abro la ventana de la cocina. No sirve de nada. Un mosquitero se cae.

Me pregunto si podré faltar al resto de las clases, las tres semanas y aun así graduarme. Nunca pensé que el último año sería así.

Anoche llegué a casa tarde, muy tarde. ¿Dónde estaba? En ningún lugar. Dejémoslo así. En ninguna parte.

Todo lo que digo es que Lisa Marie empezó todo esto. En Agosto pasado, insistió en que fuera a la fiesta de Jake Kroll. Dijo que tenía que ir. Todos querían ver si estaba viva. No lo estaba. No de verdad. Sólo había pasado un mes desde la muerte de mi madre.

Esa noche Lisa Marie me obligó a vestirme. Me puse mi traje de baño negro de una pieza, una camiseta y pantalones cortos encima. Todo me quedaba grande. Tenía las piernas de un blanco fantasmal. No había ido a la playa en todo el verano. Me llevé el suéter negro de mi mamá, por si acaso. Hacía mucho calor húmedo, más de treinta grados, y eran más de las diez. No había salido de casa en semanas.

La terraza de Jake estaba abarrotada. Todo el mundo se apoyaba en la barandilla, esperando a que alguien más interesante atravesara la alta reja blanca. Yo no era esa persona. La música rap retumbaba. La piscina, un nivel más abajo, con su tobogán del que todos teníamos envidia cuando éramos niños, estaba iluminada con luces de colores. Rayos de cloro salían disparados.

Jake lucía como si estuviera trabajando en un carnaval. Saltó sobre un banco, enfundado en una camisa hawaiana, gritando nombres y lanzando cervezas, y prometía que habría más. A mí no me interesaba eso de "más por venir". Eso era lo que hacía popular a Jake. De alguna manera conseguía "más" bebidas o drogas que nadie y las compartía.

Lisa Marie nos paseó por la terraza, bajamos las escaleras, rodeamos el patio de ladrillo y la piscina vacía que a medianoche se llenaría de chicos del colegio borrachos y seguro que algún vecino llamaría a la policía, pero para entonces yo ya me habría ido. Lisa Marie estaba molesta. No había nadie, nadie que importara.

Las voces se mezclaban: *¿Cómo estás? ¿Cómo te va? ¿Cómo andas, Sky-larrrr?* Mi nombre sonaba extraño. Era el nombre de otra persona. Alguien que sabía que "¿Qué tal?" no era una pregunta, que "¿Cómo estás?" no requería una respuesta. Nadie quería una respuesta. Era algo que decir. Pero yo quería responder. Quería decir que no estaba bien, gracias. Ninguno de ustedes me llamó después del funeral de mi madre. Nadie excepto Lisa Marie.

Caminé detrás de ella, alrededor de la piscina. Cuando levanté la vista, ella le estaba golpeando a Sean en el antebrazo, diciendo que esperábamos verlo antes, que qué le parecía la fiesta de Jake Kroll de este año, y que ¿quién era éste?

"Jimmy Seeger", dijo él mientras me ofrecía la mano con la intención de que se la estrechara, pero la alzó para mostrarme que no quería hacerme daño cuando me sentí demasiado avergonzada para establecer contacto. Su mano era el doble de grande que la mía. Él medía más de dos metros y vestía una playera beige y un pantalón verde militar. "¿Qué piensas de esta fiesta, de ellos?" Señaló a un grupo que rodeaba a Jake Kroll, bebiendo cervezas al ritmo de la música. "Odio el rap".

"Yo también", dijo Sean. Me sorprendió escucharlo decir eso.

Me sorprendió aún más cuando Sean apartó a Lisa Marie de

un tirón y se apresuró a buscar otra música, dejándome sola con Jimmy al borde de la piscina, sintiendo miedo y frío. Sin embargo, los ojos de Jimmy se fijaron en mí. Me estaba prestando atención en serio, incluso cuando todo el mundo le estaba prestando atención a él, lo cual incluso en ese momento me emocionó. Se me contrajo el pecho. O quizá lo que recuerdo es que mi corazón de diecisiete años se detuvo por su belleza, por su estatura, ante mi esfuerzo por mirarle a los ojos y quedarme allí porque él quería que lo hiciera.

"Sean me ha dicho que has pasado por muchas cosas", dijo Jimmy directamente.

Quedaba suficiente espacio entre nosotros como para que él pudiera dar un paso al frente incluso mientras yo temblaba, con los brazos perdidos en el suéter negro de mi madre. "Lamento tu pérdida", dijo, con sus ojos clavados en los míos. Sentí como si me hubieran encontrado.

"Escucha", me dijo.

Sentí que podía oír los latidos de su corazón o que él podía oír los míos.

"Escucha", susurró. Un pájaro piaba frenéticamente desde el otro lado de la piscina. Fuimos hacia él. Jimmy desatoró el hilo enredado en sus alas color castaño, lo liberó, lo rescató.

Me parece muy importante recordar los detalles: el olor del cloro; el ladrillo colocado en espiral, como si la piedra se moviera bajo mis pies; mi primera impresión de Jimmy: el azul más intenso y profundo en sus ojos.

Parpadeo con fuerza.

Tiene que llamar. Pronto.

Corro por la casa, abriendo todas las ventanas en busca de aire, pero no lo consigo. Me dirijo hacia la cocina con su mosquitero colgante y, como si me estuviera ahogando, agito el aire hacia mí. Todo el mundo sabía lo que estaba pasando. Yo sabía. El pájaro. Debería haberle contado a la policía sobre ese pájaro.

Esa noche que conocí a Jimmy, Jake Kroll saltó de la terraza, fingiendo que podía volar, y aterrizó boca abajo sobre el piso de ladrillo. Estaba raspado y amoratado, pero demasiado borracho como para estar realmente herido. Los aplausos dividieron a la multitud entre los que animaban a Jake a volar de nuevo y los que, imagino, sólo querían oírse gritar a sí mismos. Jimmy se limitó a analizar a todos como si él fuera adulto y todos los demás niños. Incluso ahora recuerdo haber pensado: Me alegro de que no se una a burlarse de Jake. Sabía que si se marchaba en ese momento, si no volvía a salir con Jimmy, esto era agradable, esto era bueno, esto era suficiente. Por primera vez en mucho tiempo, desde que murió mi madre e incluso antes, cuando estuvo enferma durante toda la primavera de mi penúltimo año, incapaz de levantarse de la cama o incluso, al final, de alimentarse a sí misma, no me sentía sola. Un solo número. Uno solo. No necesitaba más, o eso creía. Tal vez debería haberme ido esa noche y decir que eso era suficiente y haberlo dicho en serio. Sin embargo, el verano pasado, todos esperábamos que pasara algo más, que terminara el verano, que empezara el último año. Nada sucedió hasta que llegó Jimmy.

En la fiesta, la música cambió. No recuerdo a qué. Pero Jimmy me dijo, Bien. Bien. Me gusta esa canción.

Una sola nota sostenida, me atraía, se estremecía.

Mi corazón también lo hizo.

Sean Mayer

Todos los chicos están estacionados en triple fila frente a mi casa. En cuanto nos ven a mí y a mi papá bajando por la calle en su vieja y ruidosa furgoneta de diez años, empiezan a armar jaleo, a tocar el claxon, a vitorear, a silbar. Lisa Marie me jala fuera de la furgoneta, me agarra del brazo como si no supiera qué camino tomar, y en cierto modo no lo sé. Me abraza. Está emocionada. Lo ha planeado todo.

Todos están allí, tendiéndome la mano. Jimmy había empezado eso, el apretón de manos. Con sus enormes manos y su firme agarre, así es como te saludaba. Todo el mundo quería ser amigo de Jimmy. No había nada mejor que qué te diera la mano cuando ibas al gimnasio o a comer. Pronunciaba tu nombre como si estuviera anunciando que tenías un lugar importante en el mundo y ese lugar estaba justo a su lado.

Pero esta tarde, no tomo la mano de nadie.

Lisa Marie se va a saludar a un coche lleno de chicos del equipo de béisbol. Son los más ruidosos, asomados por la ventana de su camioneta, el mismo tipo de vehículo en el que íbamos Jimmy y yo el sábado por la noche, solo que de otro color. El coche que conduje esa noche era mío. No sé cómo Jimmy, o yo, nos hicimos amigos de esos muchachos, excepto que los conozco de toda la vida, los heredé al nacer.

Todos quieren saber cómo está Jimmy.

Alguien sugiere faltar a la escuela y manejar hasta la cárcel y saludarlo desde el estacionamiento. En junio, es tradición que los mayores falten a clase y vayan a la playa del pueblo. Pero no a la cárcel.

Quiero decir, no saben cómo es. Siempre he odiado los espacios pequeños. Era como si alguien me hubiera metido en una caja durante cuarenta y ocho horas. Necesito salir. Cielo y pasto.

Grito: "Jimmy se ve genial. Se mantiene fuerte". Eso parece ser suficiente. Media docena de coches tocan el claxon y se alejan a toda velocidad. No sé si Jimmy se siente "genial" o "si se mantiene fuerte". En la comisaría me dijo que "me mantuviera fuerte". Lo dijo como una advertencia, mientras a él lo llevaban por un lado y a mí por otro.

Mi padre y yo estamos solos en el jardín delantero. Hubo un tiempo, la semana pasada de hecho, en que él me hubiera rodeado con el brazo y entraríamos así a la casa. Ahora mi padre, agotado, dice: "Cinco minutos y te quiero dentro de la casa", y se da la vuelta y se va.

Sé que debería esperar a Lisa Marie aquí afuera, decirle algo así como gracias. Pero no puedo aguantarla demasiado. Siempre está atenta a cualquier estudiante de último año con chaqueta universitaria. En mí no se fija, por supuesto. Todo el mundo sabe que por lo regular ella les hace mamadas a los chicos en su Camaro, o al menos eso es lo que todos los chicos en el equipo dicen. Incluso Jimmy debe haber estado con ella.

No creo que yo pudiera hacer nada con Lisa Marie o, supongo, con Skylar. Sería como besar a una de mis hermanas y tengo cuatro. Aunque, tengo que decirlo, Jimmy estaba obsesionado con Skylar.

Jimmy solía llamarla o mandarle mensajes cada quince minutos más o menos. Si ella no respondía, se volvía loco, la llamaba cada diez minutos, cada cinco minutos y podía ser que ella estuviera haciendo un examen de química o cepillándose los dientes. Pero aún más. Hace un mes me dijo que no podía dormir sin ella. Se quedaba con ella las noches en que su padre trabajaba y dormía con ella. Dormía. Sin hacer nada más que besarse. Dijo que fue él quien tomó esa decisión. Podía controlarse. Ella estaba demasiado frágil, aún recuperándose de la muerte de su madre.

Así que bromeé con él. Le dije: "¿Qué haces las noches que su padre no trabaja? ¿Te la jalas toda la noche? ¿Llamas a Lisa Marie?" Después de ese comentario, no me dejó entrar en las actividades del fin de semana. Dijo que estaba congelado por insubordinación.

Tuve que rogarle que me diera otra oportunidad, le dije que me echaría al menos a dos frijoleros en su honor. Jimmy llevaba la cuenta de esas cosas. Dijo que lo que más le importaba era Skylar, protegerla, salvarla de las heridas y los estragos del mundo. Añadió eso a las razones por las que salimos a atacar mexicanos y yo volví a estar de acuerdo. Estaba emocionado. Me sentía indestructible. Durante un tiempo, Jimmy nos llamó "los protectores". A todos los chicos les gustaba eso.

Desearía sentir algo de esos superpoderes ahora. He fracasado en todo. Le fallé a Jimmy. Y les he fallado a todos los demás también.

Miro calle arriba y calle abajo buscando a Lisa Marie o el todoterreno en el que se fue. No los culpo. Ni siquiera quiero estar conmigo mismo.

Le fallé a Jimmy porque esa noche llevaba puesta una vieja camiseta del equipo. Manchada de pasto, gris, descolorida; ayudó a identificarnos. Ni siquiera pensé que supieran leer inglés. No lo pensé. Más aún. Le fallé a Jimmy porque me dijo: "Ve tras el otro". Y no lo hice. Era rápido. O al menos más rápido que yo.

Estoy seguro de que Jimmy piensa que soy un perdedor. Para él es como estar marcado de por vida, deformado, enfermo. Estoy seguro de que todos piensan que soy un perdedor, mis padres, Lisa Marie, Skylar, todos.

Lleno mis pulmones de aire. Aquí el pasto es verde como la primavera. Quiero tumbarme y mirar a través de los árboles y que el sonido de la nada se imponga al sonido de sus voces: inglés, español, gritos sin palabras, encerrados en mi cabeza. No pensé. Observaba. Vi cómo golpeaban y maltrataban a alguien y…

Sé que en estos momentos debería estar pensando en muchas otras cosas: ¿Qué va a pasar después conmigo, con Jimmy? Pero en medio de mi jardín delantero, donde he vivido toda mi vida y he lanzado mil pelotas a mi padre, y he levantado pasto y tierra, y me he reunido con mis amigos para jugar partido tras partido, sólo puedo pensar en lo solo que estoy, y en que nadie me ha acusado nunca de pensar demasiado.

Y entonces, ahí está ella, en el borde de su jardín, junto al mío, el nuestro verde, el suyo marrón, Skylar, balanceándose. Me acerco a ella. Espero que pregunte por Jimmy como los demás. Excepto que probablemente él la ha llamado. Probablemente sepa más que yo.

Durante todo el año, nuestras conversaciones habían girado en torno a Jimmy, tomando notas sobre lo que decía, los planes que tenía para el fin de semana, para el futuro, para nosotros. Aunque nunca hablábamos de las salidas, de la caza de frijoleros, como algo más que un juego, ¿verdad? Hablábamos de cuán afortunados éramos de que Jimmy se hubiera mudado aquí. De cómo los profesores, menos el nuevo entrenador, lo querían, y aun así, Jimmy era el mejor en fútbol, en béisbol.

Skylar. Se mueve descalza de un lado a otro, en un inquieto balanceo. "¿Dijiste algo?", me susurra.

"Tu no lo hiciste", digo, incorporándome, "¿o sí?"

"Claro que no. Pero tenemos que hablar. Tú y yo. Sean. No puedo dejar de pensar en lo que pasó, ¿y tú? ¿Sean?" Me toca el antebrazo, ligeramente, como si ella o yo pudiéramos flotar y alejarnos. "Nadie habla de otra cosa que no sea de Jimmy y tú. Nadie habla de esa noche, quiero decir. Es como si hubiera pasado, pero no por nuestra culpa. Y sigo pensando, ¿qué debemos pensar? ¿Qué deberíamos decirnos a nosotros mismos? No digo que ninguno de nosotros confiese nada, pero tú, yo y Jimmy tenemos que hablar de esto. ¿Qué estás pensando, Sean? ¿Qué crees que Jimmy está pensando…?"

"No lo sé", la interrumpo.

"Voy a visitarlo".

"¿Cuándo?"

"Mañana".

"¿Mañana?"

"No sé de qué otra forma celebrar mi cumpleaños número dieciocho".

Clavo mis tenis en su césped. ¿Cómo puedo volver a enfrentarme a Jimmy? Le fallé. Fallé. Fue una prueba. Puede que él no lo llamara así. Tal vez le gustaban más los términos militares, pero sé que fue una prueba. Y fallé. No soy nada. Quizá nunca creí realmente esa mierda. Que yo era. Un ganador.

"¿Sean?"

Pateo un puñado de barro. Lo saco volando. Explota. "Feliz cumpleaños".

"¿Qué vas a decir?", susurra ella. "¿Qué le voy a decir, quiero decir, a Jimmy?"

Los árboles a nuestro alrededor susurran como si le respondieran. La luz del atardecer se retira de la cuadra. No tengo más palabras para ella, ni para mí.

"Nadie dirá nada", dice Lisa Marie, acercándose por detrás, abrazándonos a los dos. "No lo pienses demasiado". No sé si se refiere a Skylar o a mí. De todos modos, Lisa Marie tiene razón. Nadie dirá nada.

Lisa Marie me acaricia la mejilla. "Todos te echamos de menos. Pero es hora de que entres a tu casa y tranquilices a tu madre y a tu padre. Yo también me voy a casa". Me besa en las dos mejillas. Nunca me besa. Eso es algo nuevo. Hace lo mismo con Skylar y cruza la calle hacia su casa como si todo estuviera bajo control en lugar de girar locamente en el espacio.

Skylar se queda.

No nos decimos nada más el uno al otro durante mucho tiempo.

Entonces entro en mi casa, a mi recamara que huele a limón,

abro las ventanas de par en par y me acuesto en mi cama a oscuras, sin pensar en nada lo más intensamente posible.

Mamá limpió, quitó el polvo como si me hubiera ido de campamento. Mi uniforme de béisbol cuelga de mi armario listo para el partido del domingo. Le ha quitado las manchas de hierba. Unos jeans y una camisa limpios están doblados en mi silla. Nunca lo admitiría, pero hasta este año ella siempre me había dejado la ropa preparada.

Desde el principio, mi madre pensó que Jimmy era una buena influencia. No se juntaba con nadie que llevara camisetas con dibujos o camisetas en general. Nada de aretes ni cadenas ni joyas de ningún tipo. Nada de pelo largo. Mamá estaba encantada. Iba a ser militar, de los Rangers del Ejército[2] o de los SEAL de la Marina[3]. Yo me iría con él, después de la universidad.

A diferencia de Jimmy, yo tengo que ir a la universidad. Mi madre me mataría si no lo hiciera. Ella todavía está tratando de convencer al entrenador para que me escriba una recomendación para la Universidad de Florida, así me sería más fácil entrar como candidato al equipo de béisbol. "¿Cómo haría eso ahora? ¿Qué escribiría?" pienso para mis adentros: No pienses. No pienses en nada. Duerme.

Sólo he estado fuera dos días, desde el domingo por la tarde hasta hoy, martes, pero siento como si un Sean hubiera sido arrestado y otro liberado. El nuevo Sean parece el mismo, pero ahora piensa en cosas que antes no había tenido que pensar: en lo que le hace daño.

Mi cama huele a sábanas nuevas, no a sudor de otros hombres.

---

[2] (soldado especializado en la vigilancia, cuidado y labor policial de un territorio específico)

[3] El acrónimo de la unidad (SEAL, Equipos de Tierra, Mar y Aire de la Armada de los Estados Unidos) hace referencia a su capacidad para operar en mar, aire y tierra; pero es su habilidad para trabajar bajo el agua que los diferencia de la mayoría de las demás unidades militares del mundo.

Mi manta, mi manta suave de cuadros azules y verdes, está aquí. Me envuelvo en ella e intento despejar la mente.

Excepto que no puedo pensar en nada. Mi mente vuelve a vagar al día en que Skylar conoció a Jimmy. Todo pasó antes de que me diera cuenta de que estaba pasando.

Ella y Jimmy se alejaron, descubrieron a un pájaro, un pájaro normal en el suelo, quizá un gorrión, atrapado en una cuerda, y él lo desenredó. El pájaro saltó, incluso voló un poco. Skylar lo llamó su héroe por salvar a ese pajarito marrón. ¿Cómo puede un tipo que hace eso también planear hacer lo que hicimos nosotros?

Esa noche, Skylar dijo que no se quedaría mucho tiempo. No podía culparla. Su madre había muerto hacía un mes quizá. Más tarde él me diría que lo primero que llamó su atención fueron sus piernas, blancas en la oscuridad. Su melena le recordaba a la de un potro dorado. Tuve que preguntarle qué era eso y me dijo: "Un potrillo, una cría de caballo". Pensé: A Skylar no le va a gustar que la comparen con un caballo. Es más parecida a un pájaro. Pero yo no iba por ahí etiquetando a la gente como animales o vegetales como lo hacía Jimmy. Nunca se me habría ocurrido "frijoleros" para los mexicanos. Pero no pensé que hubiera nada malo en ello. Me parecía gracioso. A todos les parecía gracioso.

Jimmy se ofreció a acompañar a Skylar a su casa. Pero sólo estaba a una cuadra. Lisa Marie dijo que caminaría con ella y las chicas se fueron, murmurando sobre nosotros.

Se perdieron a los dos policías que se acercaron para desalojar la fiesta. La forma en que los policías nos pidieron que termináramos la fiesta me hizo pensar que ellos habían estado donde estábamos y que desearían estar allí todavía. Los policías preguntaron si había algún adulto presente. Jake estaba sudando. Entonces Jimmy dio un paso al frente, aunque sólo tenía diecisiete años como yo. Era el único que estaba seco en ese momento. El único que no apestaba a cerveza. Ninguno de los policías lo cuestionó. Jimmy dijo que se aseguraría de que la fiesta terminara pacíficamente. Los policías se fueron y casi todos los demás también.

Sólo un puñado de chicos se quedó, todos buenos amigos del equipo de fútbol y béisbol conmigo. Los príncipes de la clase de último año, así nos llamaban mis padres, y me avergonzaban por completo. Todos terminaríamos siguiendo a Jimmy a donde le diera la gana.

Esa noche de agosto, Jimmy dijo que quería que todos juntos nos tomáramos unos tragos de tequila. Todos estuvimos de acuerdo. Nos reunimos a su alrededor en la terraza. Él se quedó de pie, mientras los demás nos acomodamos como pudimos en las sillas disponibles. Jake siempre entusiasta sacó una polvorienta botella de tequila de regalo del armario de licores de sus padres y una docena de "caballitos", esos pequeños vasitos para tequila que estaban aún más polvorientos. Imitamos a Jimmy y bebimos los tragos al unísono.

Después del segundo trago, Jimmy pasó el brazo por el respaldo de mi silla y me dijo: "Escucha. Tú y yo vamos a tener un último año genial", y yo estaba feliz y borracho y tardé un momento en darme cuenta de que también estaba aliviado. Estuve completamente de acuerdo. Le hice caso.

Jake se dispuso a servirnos a todos un tercer trago. Levantó la botella cuadrada de México y gritó animadamente: "¿Quién quiere otro?" Pero Jimmy dijo que todos habíamos tenido suficiente. Sorprendentemente, le hicimos caso. Entonces dijo: "Necesito un aventón a casa". Fuí el elegido. Tuvo que ayudarme a levantarme de la silla de poca altura, mis piernas y mi cerebro ya no funcionaban juntos. A todo el mundo le hizo gracia, sobre todo a mí, o sobre todo al otro Sean, el que competía por estar al lado de Jimmy, su mejor amigo, su subteniente.

En vez de eso, le di las llaves de mi coche. Sólo vivía al final de la cuadra.

Esa noche dejé que se llevara el auto sin mí.

No sé por qué las cosas llegaron tan lejos. Simplemente no lo sé y no puedo pensar. Me envuelvo en la manta de cuadros hasta la cabeza y lloro.

Skylar Thompson

MI PADRE se pasea por la casa. No sé si viene o va a trabajar hoy. Perdí la noción de su horario esta semana. Mi madre siempre sabía su horario. Siempre se levantaba para despedirse de él. A veces la encontraba en el patio trasero, a menudo con ese kimono estampado de flores que tanto le gustaba. El amanecer iluminaba su rostro pálido. Saboreaba té caliente, se había levantado con mi padre a las cinco de la mañana. "La esperanza es una cosa con plumas", le gustaba decir, y cuando yo estaba desconcertada, añadía más frases, como si eso ayudara. No he estado en el patio trasero desde que ella murió.

Esta mañana de miércoles no puedo salir de la cama. No puedo enfrentar la escuela, especialmente, sin Jimmy. Y es mi cumpleaños.

Me acuesto en el hueco a mi lado, el espacio de Jimmy. Cuando dormíamos juntos, Jimmy fácilmente podría haber ocupado toda la cama individual, pero no lo hacía. Se acostaba boca arriba, cerca de la ventana. Incluso en invierno dormíamos con la ventana abierta de par en par, por si mi padre llegaba a casa inesperadamente. Nunca lo hacía. Me acurrucaba en el hueco de su brazo, escuchaba su corazón mientras hablaba o dormía. Él me acurrucaba. Mi cabeza encajaba perfectamente entre sus omóplatos. Paseaba mi lengua por sus dientes, limpios y con el sabor intenso a menta que siempre tenía después de cepillarse antes de venir a verme. Entrelazaba mis piernas en sus jeans. Sus pies, con calcetines blancos, colgaban del borde de la cama.

Fue entonces cuando empecé a prestar atención a los horarios de mi padre. Quería saber cuándo trabajaba por la noche. Se lo decía a Jimmy y él llegaba media hora después de que mi padre saliera del garaje.

En esas noches, Jimmy tenía cuidado de que yo no me cayera de la cama. Se abrazaba a mí. Yo aspiraba su olor, cálido, lleno de sudor y de campos. Le dije que me era imposible dormir con él tan cerca; él respondió que sólo podía dormir conmigo. Ahora esta cama individual es demasiado grande sin él.

No puedo dejar de pensar en ayer por la noche, cuando por fin llamó. Por cobrar. Grité al teléfono que sí aceptaba pagar la llamada.

"¿Te mantienes fuerte, Sky?", preguntó. Dijo mi nombre como un cantante de música country, con un acento, como si estuviera alcanzando los cielos, a pesar de que nació en Long Island como el resto de nosotros. Decía mi nombre y me hacía sentir que le pertenecía.

"¿Te mantienes fuerte?", susurró, con más suavidad la segunda vez. Eso era lo que Jimmy me había dicho todo el año en lugar de "*Te amo*". Estaba bien con eso. No podía esperar que un chico como Jimmy me dijera simplemente *te amo*.

Él tenía que decirlo cuando él quisiera, eso era lo que Lisa Marie quería decir.

Y Jimmy era algo diferente. Siempre estaba tan seguro de sí mismo y de lo que el mundo debía ser para nosotros. *Lo que el mundo debería ser, para nosotros.* Así lo decía, tranquilo y decidido, mirándome directamente a los ojos. Nunca nadie lo cuestionó. Yo tampoco, ¿o sí?

A finales del verano pasado Jimmy había dejado claro a todo el mundo, sorprendiéndome a mí, sorprendiendo aún más a Lisa Marie, que me quería como su chica. Así es como lo expresaba, de una manera un tanto anticuada, que yo era la chica de Jimmy. Por supuesto, Lisa Marie entonces se obsesionó aún más con ser la chica de alguien, pero no es así en nuestro pueblo. Todos se juntan. Jimmy y yo éramos los raros, una pareja.

Su voz irrumpe en mis pensamientos incluso ahora, con la cabeza metida bajo el edredón.

"¿Te mantienes fuerte?"

Eso fue anoche, por teléfono. Tenía miedo de contestar. Si empezaba a hablar, no pararía, y lo único que quería era escuchar el sonido de su voz. Jimmy es mi primer amor; el único. Con mis padres también fue así . Se conocieron en el instituto y siguieron juntos aunque seguido me preguntaba por qué, pues mi madre era de las que citaban a Emily Dickinson y mi padre veía a los Mets. Durante todo el año, me sentí segura con el sonido de la voz de Jimmy, hablando durante horas, yo deleitándome con las palabras; él, siempre ahí. Me salvó de volverme loca tras la muerte de mi madre.

Anoche, su voz era más urgente, más inquisitiva, pero seguía siendo profunda, como un tambor. Mi corazón golpeaba contra mi pecho mientras escuchaba.

"¿Recuerdas ese pájaro, Sky?"

Sollocé en busca de aire. ¿Cómo podría olvidarlo? Limpié mis lágrimas. Me enamoré de él a partir de ese pajarito.

"¿La primera noche que nos conocimos?" murmuró Jimmy. Siempre podía leer mis pensamientos, mi tristeza. "¿Vas a mantenerte fuerte como ese pajarito?"

Caí rendida en su voz. Tuve que contenerme y decir sólo una palabra: "Sí".

"¿Vas a permanecer fiel?"

"Sí".

"Mi padre me dijo que vendrías a visitarme. ¿Vas a venir? ¿Es tu regalo de cumpleaños?", bromeó.

"Sí".

"Sabes que te amo, Sky".

Sí. Sí. Sí. Esa fue la primera vez que dijo que me amaba. Me quedé atónita. Quería oírlo otra vez. Dilo otra vez. Dilo un millón de veces. Cada palabra era distinta de la anterior: ***Te - amo, -Sky.*** Seguiría esta voz a cualquier lugar, y luego supe que ese era el problema; otros también lo harían y él también lo sabía.

Mi padre me llama a gritos. No puedo salir de la cama. Como siempre dice Lisa Marie, tengo que enfocarme.

Anoche, Jimmy me dijo: "Te amo, Sky", y esperó a que yo lo dijera de vuelta. Podría haberlo dicho sin pensar. *Te amo*. Pero quería que fueran las dos palabras más significativas que jamás había dicho. Nunca había escuchado un "te quiero" de otra persona que no fuera mi madre. Quería guardarlo para decírselo en persona. No sé cómo se lo diré... despacio... deprisa... a borbotones... tal vez le pase una nota para que la guarde para siempre, y entonces me di cuenta de que tengo miedo de no ser capaz de decirlo con todo el significado que esas palabras merecen. Ojalá que todo fuera un sueño: el fin de semana pasado, todo mi último año, todo, excepto el *"te amo"*. Cuando lo vea, será lo primero que diga, quizá lo único. Hundo mi rostro en el frío espacio de mi cama, deseando poder olerlo, recordando el sudor y el jabón intenso y el talco de bebé, el mechón de cabello rubio sobre sus mejillas, sus poderosos brazos.

Desde que oí su voz he estado pensando en una cosa. Debe tener una razón para lo que pasó. Por supuesto no se lo pregunté por teléfono. Fue una llamada demasiado corta y pude percibir que no podía hablar realmente. Pero debe tener una razón. Quiero decir, algo más debe haber ocurrido esa noche. Algo que no vi en aquel destello de luna. No pude escuchar todo lo que se dijo entre Jimmy y el hermano mayor, sobre todo cuando se acercó por primera vez al coche. Yo estaba lo suficientemente lejos como para que algunas de las conversaciones sonaran como graznidos o chillidos, no como palabras. Tal vez amenazó a Jimmy. Era un hombre adulto, y Jimmy y Sean sólo eran niños, estudiantes de secundaria como yo, lanzando palabras estúpidas. No creían lo que estaban diciendo. Eran niños con un bat en el auto después de la práctica de béisbol, nada más. No son culpables. Jimmy *no es* culpable. No lo es.

Excepto que mientras pienso esto en mi cabeza oigo la voz de Lisa Marie. Quiero escucharlo con mi propia voz. No. Es. Culpable. Digo cada palabra en voz alta, cada sílaba por separado como si fuera una palabra extranjera, para impedir que la voz de Lisa Marie opaque a la mía. *No es culpable*. Necesito verlo. Lo haré, hoy. No es culpable. Él me dirá qué pensar, quiero decir, la razón, algo que no vi o escuché, algo en lo que no estoy pensando porque Lisa Marie y mi padre y todos los demás me están haciendo perder la cabeza. Él me lo explicará todo. Él será Jimmy. En mi cabeza se quiebra mi voz . En lugar de "*No es culpable*", práctica, "*Te amo*", rápido tres veces. Sé que lo único que tengo que hacer es decir eso, verlo y escuchar.

Me levanto. Tengo que mantenerme fuerte y fiel. Apenas peso cien libras. (Lo convierto rápidamente a kilos, una de las preguntas más fáciles del equipo de matemáticas el año pasado). ¿Qué tan fuerte puedo ser?

Fiel y fuerte. Fuerte y fiel. Esperanza. Una cosa con plumas. En kilos yo peso: 45,4. El olor del tocino, quemándose, humeando. Más ruidos en la cocina, mi padre exclama: "Desayuno", y me levanto.

Fuera de mi habitación, dos personas se abalanzan sobre mí. Me agarro a la pared, me tapo los oídos y agacho la cabeza. Tengo que ir al baño; me voy a mojar el pantalón de la pijama.

"¡Feliz cumpleaños!", grita Lisa Marie. "Vengo para alegrarte el día".

Unos metros más allá de Lisa Marie, mi padre está de pie junto a la estufa. Tiene manchas de huevo y grasa en su uniforme de paramédico. No se ha afeitado. "Feliz cumpleaños", gruñe también. "Mira, Lisa Marie hasta lo recordó. Trajo un cupcake".

Me solían encantar los pastelitos de cumpleaños. Mi madre siempre me hacía uno, de chocolate con glaseado de chocolate, incluso el glaseado era casero, lleno de mantequilla. En la mesa, entre las ollas y los platos sucios, está el que compró Lisa Marie en la Pastelería Towne, más grande, el glaseado en espirales y más alto, salpicado de confeti de azúcar, más perfecto que cualquier panquecito que mi madre jamás haya hecho, lo que me entristece. Quiero una magdalena chueca, con demasiado glaseado y una vela rosa descentrada clavada hasta arriba. Quiero que mi madre me cante desafinada.

En cambio, en el estrecho pasillo, Lisa Marie me abraza. Su pelo brillante y recién lavado. Lleva puesto un top negro, una pequeña cruz dorada en el cuello y unos jeans naranja neón. Si se pusiera de cabeza, parecería una vela.

"¿Por qué has venido?"

"Siempre estoy contigo en tu cumpleaños y siempre lo estaré". Me aparta el pelo de la cara y me abraza. Cierro los ojos y pienso en todos los que no están aquí: Jimmy, mi madre. La rodeo con mis brazos. Ella me devuelve el abrazo con todas sus fuerzas.

"Suéltame", digo por fin, y corro tres pasos al baño. Oigo a Lisa Marie soltarle risitas a mi padre, que hace ruido en la cocina con sus sandalias. No salgo hasta que mi padre golpea la puerta con la palma de la mano y dice: "¿Te ahogaste allí dentro? El desayuno está listo. Ven a ver lo que te hizo Lisa Marie". Me tranquilizo, me echo agua fría en la cara, desearía poder lavarme las ojeras, dar color a mis pálidas mejillas. Enderezo los hombros, busco la camiseta negra menos sucia y los vaqueros en el cesto de la ropa sucia y me los pongo. Puedo hacer esto hoy.

El olor a tocino, azúcar, chocolate, Lisa Marie, mi padre y yo nos mezclamos en un espacio demasiado reducido. Lisa Marie no ha estado en nuestra casa desde el día del funeral. Si está sorprendida por el desorden, no lo demuestra. Está limpiando la mesa cuadrada de la cocina, extendiendo un mantel de papel con dibujos de feliz cumpleaños y platos de papel que hacen juego. Tiene un ramo de globos atado a mi silla.

Mi padre mueve su espátula sobre un sartén; un cartón de huevos y una barra de pan desordenan el mostrador. "¿Quién quiere huevos? ¿Tocino? Miren, hasta tengo tostadas. ¿De trigo integral para las damas? No esperaba invitados, pero tengo para todos".

Yo quisiera decir que no tengo hambre, porque no la tengo. Excepto de ver a Jimmy, desearía que no fuera mi cumpleaños. No soy una entusiasta de los cumpleaños como Lisa Marie. El año pasado, ella había planeado un día de spa para nosotras dos. Yo nunca había ido a un spa y, después de un poco de persuasión, acepté ir. Pero cuando mi madre empeoró, sencillamente no pude separarme de ella. Así que Lisa Marie hizo venir a dos amables expertas del spa. En el patio trasero, en sillas de jardín, con un turbante color lirio morado en la cabeza calva, mi madre se hizo el manicure, el pedicure y un masaje en los hombros, y yo también.

Lisa Marie nos sirvió té verde y galletas de jengibre. Mi madre lucía sus uñas y movía los dedos de los pies emocionada como una niña. Ese fue mi verdadero regalo de cumpleaños. Mi madre murió tres semanas y media después, con las uñas pintadas al rojo vivo.

Lisa Marie me grita al oído: "¿No te hace ilusión ver a Jimmy hoy?"

Vuelvo a abrazarla, aunque mi estómago está revuelto. Siento ácido en la garganta. Quiero volver a meterme en la cama. Pero no puedo. Lo único que quiero es ver a Jimmy.

"Y bien, ¿quién quiere comer?", pregunta mi padre, volviéndose hacia Lisa Marie como si ella pudiera salvarle a él también.

"Ya he desayunado, señor Thompson. Pero tomaré un poco de café. Negro".

"Buena chica. ¿Y tú, pequeña?".

"Nada".

"Mira. Hice tus favoritos. Huevos revueltos".

"Me gustan los huevos fritos".

"Entonces te los haré fritos. Sin problema. Soy flexible". Silba y golpea dos huevos contra el sartén negro de hierro fundido de mi madre. Se rompen y caen en la mantequilla. "No toma mucho tiempo. Siéntense, chicas. Les serviré".

Hay un sobre blanco de negocios largo en mi asiento. Lo abro. Cuatro billetes de diez arrugados y tres de veinte, uno pegado con cinta adhesiva. Nunca antes había recibido dinero por mi cumpleaños.

"¿Papá?"

Mi padre le voltea los huevos. "Mira, no sabía qué regalarte. Pero tal vez tú y Lisa Marie podrían ir de compras juntas".

"Me encantaría", dice Lisa Marie, sirviendo café en un vaso de papel ya que no hay tazas limpias. "Podríamos ir hoy después de la escuela".

"No puedo".

"¿Por qué no?", dice mi padre, sirviéndome dos huevos impregnados de grasa de tocino. "¿Necesitas sal con eso?"

"Voy a visitar a Jimmy".

"No, no irás". Abre de golpe un armario. "¿Dónde guardamos la sal?"

"Sí. Tengo dieciocho años. Puedo ir a visitarlo sola".

"No vas a ir así, ¿verdad?", dice Lisa Marie, chocando con los globos mientras mi padre se abre paso junto a ella.

Huelo mi camiseta. Quizá pueda encontrar otra que ponerme.

Le miro directamente. "Voy a visitar a Jimmy hoy".

"No vas a faltar al colegio", balbucea.

"Voy a ir. Iré después de la última hora, si eso te hace feliz".

"No vas a visitar a nadie en la cárcel". Otro armario se abre y se cierra. La mayoría están medio vacíos. "Especialmente en tu cumpleaños".

"Es Jimmy, Sr. Thompson". Lisa Marie sale en mi defensa y yo quiero correr a su lado, pero mi padre se interpone entre nosotras.

"Me da igual que sea el Presidente". Abre de un golpe casi todos los estantes de la cocina, incluso el armario donde mi madre guardaba las vitaminas, las medicinas y las jeringas, que ahora está completamente vacío. Me estremezco. Él también sabe lo que había allí y retrocede.

"No necesito sal, papá", grito. "No me voy a comer estos huevos".

"Vas a comer".

"Voy a ver a Jimmy. Es todo lo que quiero para mi cumpleaños. Quiero ver a Jimmy"...

"Aquí está la maldita sal. Siéntate y come".

"¿Tal vez yo pueda ayudar?" ofrece Lisa Marie, interponiéndose entre nosotros, toma el salero de las manos de mi padre y lo coloca sobre la mesa.

"Mira. Esto es entre mi hija y yo. Te agradezco que hayas venido esta mañana. Pero no quiero que mi hija se involucre más con Jimmy Seeger. No después del sábado por la noche. No después de ver lo que ha visto".

"¿Le dijiste a tu padre que estabas allí?" Lisa Marie murmura. "No lo puedo creer. ¿De qué hemos estado hablando? Concéntrate, Skylar. Enfócate".

"Es al único. Pero no le he contado ningún detalle". Me giro y le miro. "No te preocupes. Él no quería saber ningún detalle. No le gusta la verdad".

"Eso que dices de tu padre es muy interesante", añade Lisa Marie con su voz de psicóloga en formación.

"¿Qué demonios significa eso? Mira, ¿qué verdad? Dime". Se dirige a Lisa Marie y no a mí.

Ella se encoge de hombros. "A mí no me mire. No sé nada. Tengo que irme. Nos vemos en el colegio, Skylar. Recuerda: Todos lo saben. Nadie habla".

"¿Qué es eso?", pregunta mi padre, alzando la cabeza del pecho. "Sólo una cosa divertida de fin de curso, señor Thompson", responde Lisa Marie, envolviéndome en otro abrazo. "Me emociona tanto que vas a ver a Jimmy, ¿a tí no?", susurra, y sale corriendo por la puerta.

Mi padre se pasa su gran mano por su canosa barba. "Mira, Skylar. Es tu cumpleaños. Quiero que tengas un día feliz".

¿Cómo podría ser eso posible?

"Hablemos. No hemos hablado desde no sé cuándo. Desde nunca".

Me deslizo junto a él y cierro de golpe uno a uno los armarios hasta que llego al espacio de mi madre. Busco como si esperara encontrar algo. Ni siquiera una pastilla. Él limpió todos los estantes.

"¿Quieres contarme qué pasó el sábado por la noche? Si crees que eso te ayude, dímelo. Soy todo oídos". Me da la espalda, raspando las sobras quemadas de los huevos y el tocino sobre los platos apilados en el fregadero.

Cierro con facilidad el último armario. "Estoy del lado de Jimmy". Digo. "No voy a permitir que otra persona me deje porque he dicho demasiado".

"¿De qué estás hablando, Skylar? Quizá sí necesites volver con el psicólogo del colegio. ¿O con alguno privado? Puedes usar el dinero de tu cumpleaños para eso", dice, como si hubiera algo divertido en todo esto. "Mira, sólo estoy bromeando. Podemos permitirnos pagar a alguien con quien puedas hablar"...

"Eres paramédico", le interrumpo, con el corazón golpeándome las costillas. "Ves morir gente todo el tiempo. Dijo que te lo había preguntado".

"¿Qué me preguntó qué cosa?" No deja de trabajar en el sartén, raspándolo, haciendo un desastre mayor en el fregadero, en el suelo.

"Ella dijo".

"¿Qué?"

Los huevos revueltos salpican el suelo.

"Ella dijo que te preguntó si estaba bien morir. Y tú dijiste que no".

Ahora se detiene. La espátula cae estrepitosamente en el fregadero. El sartén se ve marcado.

Me abro paso hasta él. No necesito gritar esto a través de los globos de cumpleaños. "Así que me lo pidió. Que le dijera la verdad".

"Ella había dejado los tratamientos de quimio, pero pensé que había algo más, quizá algo experimental"....

"¿Qué madre le pregunta a su hija si está bien morir?" y digo. "¿Y qué hija dice que sí?"

"Skylar, déjame terminar con esto y podemos hablar. Mira, podemos ir a algún lugar, lejos de aquí, a hablar".

"Mi madre me preguntó. Y le dije que estaba bien morir. Algún día. Lo dije mientras ella estaba acurrucada como una niña pequeña en su cama sufriendo y yo estaba a su lado, sujetando sus dos manos con las mías. Le dije la verdad, ¿y qué conseguí con ello?

Murió aquella noche. Al carajo con la verdad. Deberías haber estado allí". Lo miro, deseando que él estuviera muerto y no ella.

"Tenía que trabajar. Tu madre lo entendía". Se limpia las manos en sus piernas. "Vamos a sentarnos juntos y comer algo. Por favor".

Tomo la perfecta magdalena de chocolate de cumpleaños de Lisa Marie y la aplasto en mi boca. "Ya terminé aquí".

Directora

SUENA LA CAMPANA. Primera hora. Algunas noches oigo las campanas del colegio mientras duermo. Me levanto enseguida. Mi marido ya ni se despierta cuando hago esto. Tengo que recordar: dos años más para mi jubilación. En mi primer viaje después de jubilarme, planeo bailar tango en Buenos Aires, subir a Machu Picchu, irme lejos de aquí, lejos de estos pasillos y quizá incluso lejos de mi marido. Aún no lo he decidido. Necesito a alguien con espíritu aventurero para la próxima etapa de mi vida. Últimamente, siento que he estado en una aventura que se ha salido del camino.

Reconozco a Jake Kroll, el alumno más bajo de la escuela. Me saluda con un "Buenos días" entre dientes. Si hubiera sido James Seeger, habría sonreído como si fuera el dueño del lugar, y yo le habría devuelto la sonrisa. Más allá de sus éxitos deportivos, fue co-presidente, junto con Lisa Marie Murano, de la campaña anual de donación de sangre de la escuela, la más exitosa de nuestra historia. Espero recibir un certificado de la Cruz Roja para entregárselo en la graduación.

No sé si estará presente en la graduación o no. Supongo que no estará. Ahora toda mi atención debe centrarse en proteger la imagen de la escuela y, por supuesto, la privacidad de los estudiantes.

Esta es básicamente una buena escuela.

Oficialmente, estamos en el cuartil superior de las escuelas del condado, a veces en la mitad superior, dependiendo de la jurisdicción y del examen que hagan nuestros alumnos. Nos hemos convertido en una cultura de pruebas. Todo se mide. Esa es la mayor diferencia que he visto a lo largo de los años. Preparamos a todos para el examen. Ofrecemos desayunos especiales como si los chicos fueran a correr un maratón. Tenemos un especialista en relajación, también conocida como la mujer del superintendente, que enseña yoga, para los niños y los profesores. A los alumnos de bajo rendimiento les repasamos los conceptos fundamentales. Algunas de las pruebas han sido positivas, no me malinterpreten. Colaboro con el programa en el sentido de que necesitamos saber cómo se desempeñan académicamente nuestros hijos. Pero no todo en la vida puede reducirse a un número. Y no todo en la vida puede o debe enseñarse en la escuela.

Nuestra población escolar es predominantemente blanca. Algunos asiáticos, o más exactamente asiáticos orientales, indios de la India o bengalíes, no estoy seguro de cómo se llaman, debería investigarlo, de Bangladesh. Una familia de Bangladesh muy agradable administra el Dunkin' Donuts local. Esos alumnos elevan los puntajes de las pruebas. En los últimos años, algunos hispanos se han mudado a los alrededores. Alquilan las casas más pequeñas a lo largo de las vías del tren o apartamentos ilegales en algunas casas. Nuestros impuestos son altos, incluso para Long Island y nuestra gente intenta conservar sus casas, especialmente las personas mayores, por lo que han habilitado apartamentos en sótanos o garajes. Nuestro pueblo desalienta fuertemente esto debido a problemas de calidad de vida y se ha mantenido en un mínimo, a diferencia de otros lugares en la isla.

Para ser clara, no estamos en la costa norte de la isla, la Costa Dorada, con distritos escolares de presupuesto muy elevado. Nuestro distrito no es rico según los estándares de Long Island, pero tampoco, pobre. Siempre digo que estamos cómodamente en el medio. El pueblo de al lado, donde viven esos dos hermanos, al parecer con su tía y su tío, es un caso completamente diferente. Las estadísticas de población están invertidas. La tasa de pobreza es alta. Sin embargo, los servicios sociales se ofrecen para su beneficio. Así es nuestra isla. Cada pueblo quiere ser su propia isla.

En nuestra escuela secundaria estamos muy orgullosos de que nuestra escuela haya sobresalido tanto en deportes como en lo académico. Esta primavera fuimos una de las mejores escuelas en cuanto al número de Atletas Escolares, estudiantes que se destacaron tanto en su desempeño deportivo como en su promedio de calificaciones.

La foto de todos nuestros Atletas Escolares con el superintendente de la escuela y el consejo escolar fue noticia de primera plana en el periódico semanal del barrio. Desafortunadamente, el entrenador Martínez fue excluido de esa foto, pero fue un descuido. El consejo escolar, un grupo al que no voy a alabar ni condenar, porque he sobrevivido a muchos consejos escolares y estoy a dos años de recibir mi pensión, reconoció al entrenador Martínez en la última reunión.

La Sra. Mayer, presidenta del consejo escolar, se sintió obligada a hablar en español con el entrenador. Me avergoncé de su pobre español. Todo el mundo podía ver lo avergonzado que estaba el hombre ante su excesivamente perfumada presencia. Él no era del tipo que le gustara ser adulado por las madres con sobrepeso de la asociación de padres y maestros (PTA). Ella prácticamente amenazó a la escuela si el entrenador Martínez no le daba a su hijo, Sean, una carta de recomendación. ¿Qué no se opuso a la contratación del entrenador Martínez en base a su falta de experiencia administrativa? Y ahora quiere una recomendación de parte de él para su hijo.

Nuestra oficina sigue preparándose para que los Mayers o los Seegers irrumpan de golpe en cualquier momento. Culpan al personal profesional o incluso al entrenador Martínez, quien se ha mantenido muy profesional, dedicándose a su trabajo enseñando y entrenando al equipo de béisbol de la escuela. Pero debemos dejar muy clara nuestra posición. Este incidente ocurrió fuera de la escuela. Si hubo rumores sobre lo que estaba sucediendo en la escuela, nadie fue oficialmente informado de ello.

Acelero el paso, cierro la puerta de mi oficina detrás de mí y vuelvo a echar un vistazo a la foto de mi muro de la fama. Sí. Los dos. Jimmy Seeger y Sean Mayer están en esa foto de primera plana, hombro con hombro. Jimmy no sonríe. Nunca me había dado cuenta de eso hasta ahora.

Este otoño él era nuevo en nuestro distrito. No podía uno evitar notarlo. Jimmy era más alto que la mayoría de los profesores, llevaba el pelo con un corte militar muy corto. Planeaba alistarse en el Ejército, ¿o en la Marina? Uno notaba a Jimmy. Era un líder natural. Admito que él y el entrenador Martínez tenían un choque de personalidades. Pero me gusta que mis profesores, especialmente los entrenadores, entiendan que su trabajo es mantener la disciplina en las aulas o en el campo.

En este caso, sin embargo, el entrenador Martínez solicitó una reunión con los padres de Jimmy en la que yo estuve presente. Nos reunimos en mi oficina el otoño pasado, la semana antes del gran partido de Acción de Gracias: Jimmy y su padre. Su madre estaba trabajando. El señor Seeger, que era tan alto como Jimmy, caminaba con bastón. Tenía una espesa cabellera blanca y pude ver de dónde había heredado Jimmy sus penetrantes ojos azules.

El Sr. Seeger fue herido el 11 de septiembre del 2001. Alguien me dijo que había sido un socorrista, de los primeros en responder. Mientras estábamos sentados en mi oficina, debería haberme dado cuenta de que el padre de Jimmy me miraba sólo a mí. Ahora, esto es sólo mi opinión. Pero el Sr. Seeger tenía esos ojos que no parpadeaban, que estaban fijos en los míos. Pensé que era por respeto a mi posición como directora del instituto, pero desde entonces he llegado a la conclusión de que era una falta de respeto tanto hacia mí como hacia el entrenador Martínez. Nuevamente, esto es sólo mi opinión. Pero en esa reunión, el pasado noviembre, en mi despacho, acusó al entrenador Martínez de presionar a su hijo, haciéndole dar más vueltas y flexiones durante los entrenamientos de fútbol.

Él fue brusco en su ofensiva. Era ruidoso y tosco, pero no más que muchos padres impulsivos que creen que ellos y sus hijos merecen más. Amenazó con retirar a Jimmy del Turkey Bowl. Nadie quería que eso ocurriera, ni siquiera el entrenador Martínez. La cuestión es que el Sr. Seeger dijo todo esto fijándose en mí, sin mirar ni una sola vez, en mi opinión, directamente al entrenador Martínez.

Acabamos perdiendo la Turkey Bowl. Pero no importa.

Quito la foto enmarcada de la pared. Incluso sin sonreír, Jimmy está guapo y seguro de sí mismo; Sean Mayer está encorvado y sonriente. Para ser perfectamente honesta, Sean Mayer nunca estaría en esta foto sin que Jimmy Seeger fuera un ejemplo para él, y para muchos de nuestros jóvenes atletas, sobre el beneficio de trabajar duro académicamente. Sean Mayer ha pagado la fianza. Oí que la familia Seeger está teniendo problemas. Ambos chicos son estrellas del equipo de béisbol. ¿Debo permitir que Sean o Jimmy, si es liberado, jueguen el último partido de la temporada de béisbol el domingo? Tendré que discutir esto con el superintendente.

No se permite a la prensa entrar en el edificio ni hablar con los alumnos en ningún lugar de la escuela sin el permiso por escrito de sus padres. He informado de esta política a nuestro hábil guardia de seguridad. También he sugerido firmemente que ninguno de nuestros profesores exprese ninguna opinión pública sobre este asunto. Que yo sepa, ninguno lo ha hecho.

Concederé que esta primavera hubo una corriente subyacente particular en la escuela. Pero no se trata en absoluto de una situación escolar. Si la policía encuentra a estos jóvenes y a sus padres renuentes a participar en su investigación, entonces es un problema entre la policía y los estudiantes y sus padres. Este desafortunado incidente ocurrió después del horario escolar, fuera de la propiedad de la escuela.

Bajo la mirada a mi escritorio desordenado. Encima de todos los documentos de fin de curso, revisiones de calificaciones, memoranda de procedimientos de graduación, hay una nota. El Sr. Lake, el profesor de Matemáticas de Nivel Avanzado, quiere reunirse conmigo para hablar de Skylar Thompson. La nota está escrita en una hoja rosa con la antigua letra manuscrita de la escuela católica de mi secretaria, que se ha vuelto más enredada e indescifrable en los últimos veintitrés años. Ha marcado la casilla de urgente. No tengo intención de apresurarme a hablar con él sobre Skylar Thompson.

Una chica tan lista como ella debería haber hablado con un adulto si de verdad estaba pasando lo que la gente dice que estaba pasando. Ningún alumno le dijo nada a ningún adulto en calidad oficial sobre eso de "cazar frijoleros". Pensé que sonaba como un baile. No importa. Guardo a la fuerza la foto del periódico enmarcada en mi escritorio. No sirve de nada hacer publicidad de los Atletas Escolares a estas alturas del curso.

Aunque creo que llegaremos a comprender que había algo más detrás de este incidente en particular. Tal vez a los dos chicos los provocaron de alguna manera. Simplemente no puedo creer que dos alumnos de mi escuela, Atletas Escolares a punto de graduarse, actuaran de tal manera. Como siempre digo, esta es una buena escuela. Pero no importa.

La escuela se tranquiliza, el silencio se instala después de que suena el timbre. Saco un folleto de vacaciones de verano para voluntarios. Estoy pensando en cambiar mis planes de verano. En lugar de un crucero a Alaska, quizá aproveche este verano para unirme a otras personas que ayudan a poblaciones indigentes en Centroamérica. La cuestión es que no quiero ir a un sitio demasiado caluroso. Estos últimos tres días, de hecho todo este año, me han puesto a prueba.

Gloria Cortez
MAMÁ DE ARTURO Y CARLOS CORTEZ
Traducido del español al inglés

ARTURO ESTÁ en cuidados intensivos. Sé que estará bien. Si Dios quiere. Él es fuerte. Se recuperará de esta paliza.

Estoy esperando una visa especial que me permita regresar a Estados Unidos. Estoy en el aeropuerto de la capital, en San Salvador, esperando a las autoridades estadounidenses. Me han pedido que me quede en esta oficina donde no hay ventanas, solo un escritorio y una silla de respaldo duro, y estoy sola.

Nunca debí haber regresado a El Salvador. Pero mi propia madre se estaba muriendo. Yo era su única hija. Mi hermano me envió de vuelta. Dijo que debía hacerlo y así lo hice. Dejé a mi hijo mayor, Arturo, de siete años, con él y su esposa. Ellos no tenían hijos propios. Mi hermano es muy respetable. Ha estado en Estados Unidos el tiempo suficiente para beneficiarse de una amnistía especial, creo que eso fue en 1986. Todo el que pudo se volvió ciudadano. Sin embargo, volví. Sí, a El Salvador, a un cuarto sin agua corriente para cuidar a mi madre enferma.

Traje conmigo a Carlos. Nació en los Estados Unidos, esa es la verdad. Era un infante cuando lo traje conmigo a El Salvador. Y mi hermano envió dinero, gracias a Dios, lo suficiente para vivir, para que yo arreglara la casa de mi madre, agregara dos cuartos, un techo adecuado y plomería interior.

Pensé que algún día encontraría el camino de regreso a Long

Island. Pero después de que murió mi madre, mi tía se enfermó, luego mi tío y otros.

Todos los ancianos estaban muriendo y yo era la única aquí para cuidarlos. Para enterrarlos.

Cuando llegó la hora de que Carlos fuera a la escuela primaria, lo envié solo a Estados Unidos. Se reunió con Arturo en Long Island, en casa de mi hermano y su mujer. Eso fue hace ya once años. En estos días, mis hijos me ruegan que presente los papeles, que haga la entrevista para la visa. Les prometo que estoy trabajando en ello. Estas cosas llevan su tiempo.

Arturo incluso dijo que buscaría otras maneras. Pagaría al hombre al que hay que pagar, ni siquiera les llamamos hombres, sino animales, *coyotes*, para que me cruce la frontera. Soy demasiado vieja para volver por ese camino de nuevo, le digo.

He visto fotos de la casa de mi hermano. Es una casa bonita. La parte trasera de la casa está junto a las vías del tren, pero a nadie le molestan los trenes, me dicen. La casa está pintada de blanco con persianas azules como los colores de la bandera de El Salvador.

Hay un jardín verde salpicado de narcisos, de flores amarillas como si fueran niños felices. Este año mi hermano incluso ha puesto una nueva cerca blanca. Tanto Carlos como Arturo ayudaron.

Sí, sí, Arturo fue a la escuela. Pero era más trabajador que estudiante. A los dieciséis años dejó la escuela, y mi hermano, un buen hombre, le enseñó su oficio, la albañilería. Mi hermano me da muy buenos informes. Me dijo que el jefe llamaba a Arturo "meticuloso" en su trabajo. Me gustó tanto esa palabra que me la pasé días enteros con ella en la boca.

Pero no los he visto en todos estos años, a mis hijos. Once años. Siempre pensé que cuando nos reencontráramos sólo habría alegría en nuestros corazones. Han crecido y se han convertido en hombres sin mí. Lo único que conservan de mí es mi apellido.

La verdad sea dicha, Arturo me preguntó una vez si llevábamos sangre española por nuestro apellido: Cortez. Cortés, es el nombre de un famoso conquistador. A mi padre siempre le gustaba decirme que teníamos sangre española. Mi padre también quería una vida mejor para nosotros. ¿Y qué pasó? El ejército lo mató durante las guerras civiles de aquí. Los soldados atacaron nuestro pueblo y asesinaron a todos los hombres, una docena de viejos campesinos, en los campos cuando nadie quiso irse a pelear con ellos. A mi padre lo mataron a machetazos en los campos de frijoles. Esa es la verdad.

Yo creía que mi padre era un anciano. Ahora soy mayor que él cuando él murió. Tengo cuarenta y dos años. Se podría pensar que dejé mi país cuando era joven a causa de tanta violencia. No, no, me fui para seguir a un hombre. Sí, lo encontré, me dio a Carlos y me dejó.

Cuando Arturo me preguntó por nuestra sangre española, le dije lo mismo que me decía mi padre. Quería que se sintiera orgulloso y fuerte. Pero no parece que tengamos mucha sangre española. Somos demasiado morenos. O, como bromeó Arturo, una vez que se dio cuenta de que yo había exagerado la verdad: " Somos de piel permanentemente bronceada. Mami, aquí la gente se gasta mucho dinero en salones de bronceado para parecerse a nosotros". Le gusta bromear conmigo en nuestras llamadas semanales.

Arturo nunca ha hablado mal de nadie. Nunca habría empezado nada contra esos chicos. Nunca ha sido detenido, nunca ha causado problemas a nadie, nunca ha buscado problemas. Él me envía dinero todos los meses. Nunca he tenido que pedírselo.

La última llamada que tuve con él, sí, fue el sábado pasado por la noche, había quedado con Carlos. Los dos hermanos, mis hijos, iban a una fiesta de quince años. "Van a ir muchas chicas, Mami".

Bromeaba conmigo porque sabía que me preocupaba que viviera en Estados Unidos sin papeles.

Yo le había insistido en que buscara una chica americana que se casara con él. Cuando yo estaba en Long Island limpiando edificios de oficinas, al principio de mi turno, a las ocho de la noche, llegaba a ver a algunas americanas todavía en sus escritorios, sin ningún sitio adonde ir.

"Habla con tu tío para que te busque una de estas chicas", le decía. Aunque ya había hablado con mi hermano sobre esta idea de arreglar un matrimonio para Arturo.

"A lo mejor encuentras una gorda", le dije a Arturo. Esta es la verdad. "Una americana gorda, con un gran trasero, a la que le gusten las atenciones de un hombre guapo como tú. Le dices que te encanta su pelo, sus ojos. Tal vez sea gorda y vieja, treinta años tal vez, o incluso mayor. Te deseará. Tal vez te pida que te cases con ella". Mi hijo adulto se reía de mí y me decía que aún esperaba casarse por amor, con alguien como yo.

Pero a mis cuarenta y dos años, sé algo sobre la soledad de las mujeres. "Una mentirita, Arturo. ¿Qué importa? Y no alguien como yo. Alguien que haya ido a la escuela. Alguien que sepa hacer algo más que limpiar pisos o cuidar ancianos. Alguien afortunada. No como yo". Cuando estaba en uno de estos estados de ánimo, él sólo podía decir que me quería, y así lo hizo. Ambos sabíamos: si Arturo podía casarse, se convertiría en ciudadano de los Estados Unidos de América. Su futuro estaría asegurado. Cuando lo vea, hablaré con él sobre esto nuevamente.

Un minuto, por favor. De algún lugar percibo el aroma del café y una parte de mí no quiere nada más que una taza de café muy caliente con crema fresca. Pero tengo miedo de irle a pedir café a alguien. Las autoridades me dijeron que me siente y espere. Siento que llevo toda la vida esperando volver a ver a mis hijos. A veces siento que solo estoy aquí a medias, escuchando pasos, medio en pensamientos y medio en sueños, y ahora soñando con café.

Cuando Carlos tenía seis años, lo envié con Arturo. No podía quedarse conmigo. Tenía que aprender inglés. Tenía que aprovechar su oportunidad; él había nacido en Estados Unidos. Yo quería que Carlos fuera a la escuela en Estados Unidos. Y Carlos tenía lo que todos deseábamos: un pasaporte americano. Había nacido en Long Island, Nueva York. Yo tenía sus papeles, un certificado de nacimiento, su propio pasaporte. Los guardé junto a mi corazón hasta que se los di como un regalo. Mi hermano pagó el vuelo de ida de Carlos. Siempre me dice que mis hijos son inseparables.

Fue Carlos quien me llamó desde el hospital. Estaba gritando en inglés, olvidando su español. Mi hermano tuvo que quitarle el teléfono. Tuve que escuchar en español la noticia de que mis hijos habían sido golpeados por una pandilla de adolescentes blancos para entender lo que había pasado. Ahora lo único que quiero es abrazar a mis dos hijos y no soltarlos nunca.

Una enfermera del hospital me llamó por teléfono ayer, ¿o fue anteayer? No, fue ayer martes cuando hablé con ella. Me acababa de comer un mango, mi primer alimento después de dos días. Ella era colombiana y hablaba español, pero yo no entendía muy bien su acento. Mi hermano me tradujo. Lo único que me dijo fue lo mismo: no había habido ningún cambio en el estado de Arturo. Tiene lesiones en la cabeza. Sí, mi hijo con lesiones en la cabeza. Está conectado a un respirador.

Después de su llamada, me enloquecí. Los nombres de mis hijos me retumbaban en la cabeza hasta que no pude hablar más. Me arranqué el pelo. Tiré la cena al suelo. Salí volando al patio como una bruja. Los vecinos tuvieron que llevarme a la casa y atarme a los postes de la cama o me habría hecho daño.

La policía de Estados Unidos también me encontró. En estas condiciones, un oficial Healey, de los Estados Unidos de América, me dijo esto, sí, que estaba agilizando una visa. Esa es la palabra exacta, agilizando.

El oficial Healey era muy amable, muy respetuoso. Le dije que mi hermano se encargaría de conseguir un boleto de avión. No estaba pidiendo caridad. Viajé dos horas de madrugada para estar aquí por esta visa especial y he estado esperando. Déjeme revisar mi celular para ver la hora, para ver si hay llamadas. ¡Ah, el teléfono, está descargado! Sí, empaque en mis maletas el cargador de batería que me envió Arturo, pero mis maletas están en otra parte, ya registradas.

Sí, hoy me he recogido el cabello grueso y ondulado en un moño muy bonito. Llevo un vestido azul oscuro prestado del armario de mi madre, el vestido de una mujer muerta, para ir a ver a mis hijos. En el dedo llevo el anillo de bodas de mi madre. Cuando lleguen las autoridades con la visa, verán a una mujer respetable, una madre.

Pero, ¿y si nunca vienen a por mí? Las visas de este país a Estados Unidos son denegadas todo el tiempo. Por favor, dime que no será así. Debo ir a ver a mis hijos. Digo esto con la mano en el corazón. Lo estoy sosteniendo para que no se rompa.

Skylar Thompson

¿CUÁNTOS CUBOS de dos por dos por dos hay que añadir a un cubo de ocho por ocho por ocho para formar un cubo de diez por diez por diez?

Esa fue la pregunta final del año pasado en el campeonato de Matemáticas. Estoy pensando en esto mientras conduzco hacia la cárcel del condado, tratando de mantener la cordura. Pensé que la cárcel sería un viaje a algún lugar lejano, aislado, una ensenada. Sin embargo, Google Maps había estimado el tiempo de viaje a once minutos desde mi casa.

La escuela era una confusión. Las campanas sonaban. Sólo Benny, durante la clase de cálculo, preguntó algo que no tenía que ver con Jimmy. ¿Vendría a las finales de Matemáticas? "¿Como espectadora? Llevamos un mes entrenando tres horas al día, incluso los fines de semana. Estamos bastante preparados. Bastante".

Por supuesto le dije que no. Le deseé suerte. Me recordó el torneo del año pasado.

Sesenta y un cubos. Esa era la solución. Fácil de resolver. Tenía la respuesta ganadora. Bastante acertado, como diría Benny.

Ahora estudio las señales de tráfico. Todos los giros a la izquierda son ilegales. No se permiten giros en U en la autopista de peaje. Un camión de dos toneladas y un vehículo todoterreno* bloquean el paso a mi Mustang. Aunque quisiera hacer un movimiento ilegal, no puedo; sería difícil y podría morir.

Finalmente, un vuelta hacia la calle lateral donde supuestamente se encuentra la cárcel. ¿Y la cárcel? No hay ninguna cárcel.

Esperaba una gran señal que dijera: cárcel del condado por aquí. En lugar de eso, casas parecidas a la mía se alinean a lo largo de la cuadra. Buzones ordenados en jardines cuidados. Paso por delante de un colegio que se extiende a lo largo de la siguiente manzana, se parece a mi colegio, pero no lo es o he entrado en una realidad alternativa. En seguida hay un campo de béisbol de las ligas menores con jugadores vestidos con uniformes blancos y negros, una iglesia y una sinagoga como custodiando las esquinas opuestas, pero ninguna cárcel. Sigo a lo largo de una cerca con hierba verde y un estacionamiento, una zona diferente, neutral, bien cuidada. Es entonces cuando miro por la parte superior de mi parabrisas y veo el alambre de púas. Tres cordones de alambre enrollados como si fueran una cinta en lo alto de una cerca de acero. Un modesto letrero rectangular dice: sheriff del condado: departamento correccional. Por poco no veo la entrada.

Un edificio de piedra negra de dos pisos se encuentra abajo en la ladera de una colina, el primer piso más bajo que el nivel del suelo, lo que sirve para ocultarlo desde la calle o hacer creer que es cualquier otra cosa menos una cárcel. Miro hacia arriba. En cada esquina hay torres de vigilancia, más altas que el edificio negro. Entre cada torre hay otra alambrada, con una clara señal de: peligro, alto voltaje. Y sé que estoy aquí, en una cárcel. La cárcel de Jimmy. Un estruendo cruza el estacionamiento. Me sobresalto al oír a los jugadores de las ligas menores que echan porras. Alguien debe de haber bateado un jonrón.

Doy una vuelta alrededor del estacionamiento, más pequeño y estrecho que el estacionamiento de último año de nuestra escuela. Doy otra vuelta.

- no se permite recoger ni dejar a nadie en ningún momento.

- no se permiten visitantes cerca o junto a la cerca.

- todos los visitantes deben registrarse.

- todas las bolsas deben ser revisadas. Sin excepciones.

- visitantes, con una flecha apuntando a la derecha.

La oficina del sheriff del condado apoya a los hombres y mujeres de las fuerzas armadas desplegados alrededor del mundo, especialmente a los que sirven en Irak y Afganistán.

Todos estos carteles están colocados en un tablero clavado en la fachada de una caseta de vigilancia roja de una sola habitación situada en el extremo del estacionamiento. Espero encontrar allí alguna ayuda sobre el lugar donde estacionar e incluso dónde está la entrada principal. El guardia, de unos veinte años, delgado, enjuto, se acerca a mí. Pega su nariz chueca, como si se la hubiera roto más de una vez, al borde de la ventana abierta de mi coche.

"¿Puedo ayudar?", dice, en un lenguaje cortante.

Trago saliva. No puedo hacer esto. No puedo decir que estoy aquí para ver a mi novio. Estoy aquí para ver a Jimmy. Él no puede estar aquí. Si vuelvo a casa, tal vez él esté allí, como siempre. Sería la semana pasada o el sábado por la mañana. Haríamos planes para ir al cine. No sería hoy.

"¿Dónde me puedo estacionar? ¿Para visitar a alguien?".

Mueve la cabeza de un lado a otro en un gesto deliberadamente lento. "El horario de visitas. Casi ha terminado".

"Pero si tengo que ver a alguien, ¿dónde me estaciono?"

"Todo está lleno. Pruebe en la calle. Pero no allá afuera". Señala la calle común que rodea la cárcel. "Allí remolcamos los coches".

La tensión se escapa de mí como si hubiera sufrido una terrible derrota. "Retroceda, señorita. Dé la vuelta al coche. Bonito coche". Da unas palmaditas en el techo del coche, despidiéndome.

No me muevo. No puedo moverme. *Estoy aquí, Jimmy. Estoy aquí*, quiero gritar.

"Pruebe el sábado, señorita".

"¿El sábado?"

"De la A a la M visitas de nueve de la mañana a doce del mediodía. De la M a la Z visitas de doce del mediodía a tres de la tarde. ¿Entendido?"

Miro hacia la cárcel del condado. "Oh". Jimmy Seeger es un prisionero.

S es la inicial de su apellido; S es por la tarde.

"Ven temprano. El estacionamiento se llena rápido. No es muy difícil, ¿o sí?"

"No es muy difícil", repito, cerrando los ojos ante este mundo sin solución que me rompe el corazón.

Sean Mayer

"¡Ey!. ¿Qué onda?"

Me tropiezo entre los arbustos. Nunca supe por qué mi madre los plantó. Yo creo que ella no quería que Skylar y yo corriéramos entre nuestras dos casas como si la suya fuera la mía y la mía la de ella.

"Skylar". Le digo al verla caminar de regreso a su casa. "Oye, Skylar. Soy yo, Sean".   Yo sé que esto suena estúpido. Ella sabe que soy yo, que no soy un violador o un asesino. O sea, yo, Sean, el Sean que la ha conocido durante toda su vida. No el otro Sean. El que pensaba que Jimmy era el centro del mundo. Cuando se enteró de que Jimmy pensaba que la tierra era plana, ese tipo le creyó: claro que la tierra puede ser plana, ¿por qué no? Y siguió a Jimmy hasta el final.

"¡Skylar!"

Ella no se detiene. Hasta el octavo grado, o algo así, éramos de la misma estatura, luego en un solo verano yo llegue a tener el doble de su tamaño. Es delgada, como lo era su madre. Sacude la cabeza. Su cabello es un desastre que enmarca su rostro pálido y que revolotea sobre sus hombros. Hace suficientemente frío como para ponerse una chamarra, pero yo no tengo una y ella tampoco. Si la tuviera, se la ofrecería, pero probablemente ni siquiera la aceptaría.

"Skylar. Soy Sean. Soy yo. Sean", le suplico.

"Qué".

En su puerta de malla mosquitera, ella gira ágilmente sobre los dedos de sus pies. Tiene ojos verdes que brillan como los de un gato.

"¿Ya te enteraste entonces?", susurro, como si alguien nos estuviera escuchando.

"¿De qué?", dice ella.

"Ese tipo murió".

Se me queda viendo con esos ojos verdes.

Skylar era una de las personas más listas en la escuela. El año pasado, el penúltimo, fue la co-capitán del Club de Matemáticas, Frikis Matletas. Pero en lo que respecta a Jimmy, se convertía en cualquier chica atontada o, peor aún, se convertía en alguien a quien yo apenas reconocía. Alguna vez llegué a pensar que sabía todo lo que había que saber sobre ella, incluso si mucho de ello era aburrido, como que amaba los mapas porque tenía, en sus palabras, discapacidad geográfica. El año pasado, antes de que saliera con Jimmy, estudiamos minuciosamente un mapa de Boston. También amaba Manhattan, particularmente la Villa, con su laberinto de calles. Estudiaba ese mapa de bolsillo sobre las calles y aun así nos perdíamos de todos modos, pero siempre fue muy divertido, todas las veces. Eso fue antes de Jimmy. Él odiaba Manhattan. Se negaba a siquiera entrar, con o sin mapa. Demasiada gente. Demasiados perdedores. No sé por qué se me viene eso a la mente. Me lanzó hacia una tumbona destartalada con cojines húmedos y cubiertos de hojas, a pesar de que su jardín no tiene árboles. El mío tiene un roble con un columpio de llanta. No he dejado que mi padre quite ese columpio. Todavía me gusta a veces regresar allá atrás. Y los hijos de mis hermanas lo disfrutan cuando los empujo en él.

A veces yo también lo disfruto — No sé por qué se me viene eso a la mente. No quiero pensar. Está muerto. Ese tipo. Él. El que vi mientras lo golpeaban con un bate de béisbol. Cierro mis ojos con fuerza ante su nombre, su imagen, Skylar, el columpio de llanta, las estrellas.

Y en la oscuridad que invade mi visión, en un instante teñido de rojo por la sangre, sus ojos encuentran los míos y él está gritando, suplicando en español, en inglés, gruñendo, jadeando, haciendo sonidos animalescos. Está arrodillado sobre el pasto, tan cerca que yo podría tocarle la cabeza, pero no lo hago. Observo. No hago nada por salvar a nadie.

Ahora estoy temblando. Llorando. De forma estúpida, como si eso fuera a ayudar de alguna forma. No hice nada para salvarlo, eso es lo que me impacta.

"Ese tipo. Ese tipo, Skylar. No me obligues a decir su nombre".

"Sean", responde con voz temblorosa. "Su nombre era Arturo Cortez".

Está temblando. Tal vez debería acercarme a ella. Pero eso sería muy raro. Yo ya estoy aquí, hundido en esta húmeda silla de jardín.

"¿Qué vamos a hacer?", pregunta, quedándose cerca de su casa, como si tuviera miedo de acercarse demasiado a mí. "No pude entrar a ver a Jimmy hoy. El sábado. Definitivamente, voy a verlo el sábado".

El pánico inunda su voz. Le acabo de decir que alguien murió. Ella solo habla de ver a Jimmy. No entiendo. No entiendo nada. Solo desearía que ella se sentara aquí conmigo y que nadie dijera nada como solíamos hacer, intentar atrapar estrellas como solíamos hacer, abrir nuestras bocas y creer que podíamos cachar luz de las estrellas en nuestras lenguas y atrapar las estrellas.

"¿Qué es lo que va a pasar ahora?", me pregunta.

Indago el cielo, con el deseo de estar en el bosque profundo, en algún lugar más al norte del estado, con ganas de que la noche fuera completamente oscura, con la excepción de un cielo lleno de estrellas.

"Sean, ¿Y esto no lo cambia todo?"

"No lo sé. He estado tratando de no pensar en ello".

"Pero ahora tenemos que hacerlo", dice mientras se pasea de forma ansiosa en dirección mía. "¿No es así? Alguien murió— y

¿qué es lo que vamos a hacer? ¿Qué va a pasar" —y su voz se quiebra— "con todos nosotros?"

Me digo su nombre a mí mismo, "Arturo Cortez", como un rezo.

"Sean, dime algo. ¿Recuerdas su rostro? ¿Recuerdas cómo se veía? ¿Recuerdas—"?

"No puedo, Skylar. No puedo. No puedo".

"Hacer qué".

"Olvidar".

Se hunde en la silla del jardín.

"Lo extraño. ¿Tú no?", dice. "A Jimmy, quiero decir".

Ahora la volteo a ver, la observo, encaramada cerca de mis pies, toda de negro, fusionándose con la noche, sus hombros encorvados hacia adelante, hecha un ovillo sobre sí misma.

"No lo sé", comienzo, "No creo extrañarlo. Creo que lo odio. Creo que me odio a mí mismo por su culpa".

Intento no tocarla con mi tenis lodoso. Pero mis piernas son demasiado largas. Me veo obligado a bajarlas bruscamente de la tumbona y enderezarme. Se ve tan pequeña. Está temblando. Sus ojos se agrandan y se oscurecen tornándose un verde musgo. Desearía poder sostenerla sin que fuera extraño.

Mis brazos cuelgan a los lados de la silla, rozan la tierra. Intento cruzarlos sobre mi pecho, luego atrás de mi cabeza. Me duele el cuerpo, como después de entrenar.

Todo lo que me hace bueno en los deportes como el fútbol y el béisbol, mi altura, el largo de mis brazos, mi velocidad, me hace sentir como un alíen en todas partes—excepto en el campo. Y esto me hace pensar en el juego del sábado. Aún no se decide si la escuela me va a permitir jugar o a Jimmy, si sale bajo fianza. Es el último juego de la temporada regular de mi carrera preparatoria y quiero jugar. Sin embargo, no quiero volver a tomar un bate en mi vida.

Skylar echa su cabeza para atrás como si atrapara estrellas en su boca. Eso era lo que decíamos de niños. Qué estábamos atrapando estrellas.

Un olor a flores se desplaza hacia aquí atrás, aunque solo hay algunos botones, ninguna flor, por ningún lado. Su madre tenía un montón de flores, rosas, tulipanes y no sé qué más y eso volvía loca a mí madre, como si estuvieran en un concurso de plantar flores. Incluso Skylar, me doy cuenta, tiene un atisbo del aroma a flores en ella.

"No irás a hablar, ¿o sí?", pregunta ella.

"No lo sé".

"Tienes que saber, Sean. Eso importa muchísimo".

Echo la cabeza para atrás también. "¿No piensas que estuvo mal? ¿No crees que lastimar a alguien así sin motivo alguno está mal?" Ninguna estrella cae en mi boca, que está seca y vacía y boquiabierta hasta que la cierro con fuerza y trago saliva. "Y lo lastimamos tanto que está muerto".

"Nadie tenía la intención de lastimar a nadie".

"¿Qué si Jimmy tenía esa intención esa noche? No se limitó a perseguirlos y tirarlos al suelo y cómo es que yo estaba allí y no hice nada, ¿También no fue esa mi intención? Es lo que he estado pensando". Estoy abrumado.

"¿Qué dicen tus papás que deberías hacer?"

"Que no diga nada. Dejar que el abogado me saque de esta. Solo tengo diecisiete años. Pero no lo sé—"

"¿Qué es lo que no sabes?", dice con voz tan baja que me tengo que inclinar hacia ella. "¿Qué es lo que pensabas esa noche? No le diré a nadie. Pero yo necesito saber que pasó, lo que tú y Jimmy estaban pensando. ¿Tenías miedo?"

"¿Miedo?"

"¿Pasó algo que te hizo sentir, o incluso a Jimmy, miedo— de tal modo que saliste del coche como lo hiciste?" Me mira con esperanza en los ojos. Desearía poder decir que sentí miedo esa noche. Pero no lo tuve. Y estoy muy seguro de que Jimmy tampoco. Ni siquiera recuerdo exactamente lo que nos dijimos y — ¿acaso importa? No tenía miedo de nada. No pensé. No lo habíamos hablado previamente. No pasó de esa manera. Yo observaba, allí, al lado de Jimmy, exaltado, el corazón a punto de salírseme del pecho. Todo sucedió con un solo movimiento del bate.—

"Sean, no puedes ser el único en hablar".

El viento empuja su cabello a quedar sobre mi antebrazo. Me pongo tenso. ¿Quién más hablaría? ¿Tú, Skylar? Ni siquiera admitirás que estuviste allí.

En su lugar, solo le digo, "No sé si puedo mentir el resto de mi vida sobre lo que hice. Soy un pésimo mentiroso".

La luz de la luna la enmarca. No sé qué más decir. Espero que ella me pregunte más cosas, así como, ¿por qué no lo detuve? En cambio, me envuelve sus brazos.

Coach Martínez
ENTRENADOR DE FÚTBOL Y BÉISBOL

RECORTO. Justo a través de la cabeza de Jimmy Seeger en la Ceremonia de premiación para el Atleta Escolar. Con mis tijeras que me asignó la escuela. Piezas de él se propagan en mi escritorio que de otro modo estaría perfectamente limpio. Estoy en mi oficina, con la puerta siempre abierta, justo al lado de los vestidores de los chicos. Los pedacitos del periódico forman una pila de tamaño considerable.

Me contrataron aquí solo para darle a esta escuela algo por lo que alardear. Hace tiempo jugué media temporada con los Mets. La mayoría de mi carrera estuve en las menores. Kingsport, Tennessee; Norfolk; Savannah, Georgia; Port St. Lucie, Florida. Jugaba bien. Fui un lanzador la mayor parte de mi carrera. Grandioso por un año. Nunca tuve ningún problema con ninguno de mis compañeros de equipo, con ninguno de mis entrenadores. Me llevaba bien con todo el mundo hasta que me topé con Jimmy Seeger y su padre.

Fui el primero de mi familia en graduarse del colegio– de la Universidad de Florida en Gainesville, a la cual asistí gracias a una beca deportiva de béisbol y me gradué a mediados de los noventa. Me metí en la educación porque me gustan los niños, amo el deporte y porque necesitaba otro trabajo que no fuera el béisbol y ya treinta años de edad. Tengo dos títulos, uno en educación física y otro en educación escolar secundaria. Crecí en Corona. En Queens. En el parque Flushing Meadows. allí donde está la escultura del globo terráqueo de la Feria Mundial de 1964. Donde está el Lemon Ice King de Corona. Donde solía estar el Estadio Shea, antes de que lo desmantelaran y reemplazaran.

Me solía estacionar allí con otros tres o cuatro chicos de mi grupo, en el puente número siete sobre la avenida Roosevelt, para ver los juegos de los Mets y vender botellas de aguas a toda la gente que jadeaba bajo el sol. Si hacía mucho calor, les cobrábamos el doble. Si eran las eliminatorias, la Serie Mundial, el triple. Aunque no es que tuviéramos muchas de esas oportunidades. Vivíamos en una casa justo al lado del parque con mi padre y con mi madre y con mis tías, mis tíos y mis primos y cualquier otra persona que estuviera de visita o hubiera venido a quedarse por un tiempo. Corona está a menos de una hora de esta escuela, ni siquiera tienes que cruzar ningún puente o pagar alguna caseta, pero vaya, es otro mundo.

El año pasado, me lancé a este trabajo. ¿Por qué no? Pensé que los chicos serían chicos. La mayoría de ellos son buenos muchachos. Querían jugar a la pelota. Mi especialidad es, por supuesto, el béisbol.

Debería haberme dado cuenta de que había algo extraño. Debería haber visto más allá de los deportes para entenderlo.

En el otoño, me tocó estar con el equipo de fútbol cuando el entrenador regular, Dan Davenport, que había estado aquí por treinta años, tuvo una operación de emergencia por una hernia. Davenport le había dado a Seeger la posición de mariscal de campo a pesar de que era nuevo en la escuela. Que tenía un gran brazo, según Davenport. Su antiguo entrenador de Montauk, un viejo amigo de Davenport, le había dicho que era brutal y determinado en el campo.

Pero Seeger nos perdió el Turkey Bowl. Sabía mejor que nadie, mejor que yo, cómo jugar su posición. Aventó la bola a su derecha en lugar de la izquierda. Nos robaron la pelota. Luego me acusó de darle la señal equivocada.

En los vestidores, intenté sacar algo de la pérdida. Fue una derrota dura, pero habíamos tenido una temporada de victorias. "A veces se aprende de las derrotas" recuerdo haberle dicho al equipo tras el juego.

Desde atrás del vestidor, Seeger gritó, "¿Sabe lo que se aprende de perder, Entrenador? Aprendes de perder, que eres un perdedor. Y yo no me voy a creer eso. Nos está dando la señal incorrecta. De nuevo".

Entonces los perdí a Seeger. Lo rodearon en una confusión de toallas, una avalancha de alaridos y gritos. En retrospectiva, debí haber insistido en que podíamos aprender de nuestros errores y que lo haríamos, que no se trata solo de ser ganadores o perdedores, sino de ser un equipo y de trabajar juntos y de a veces ganar y a veces, sí, perder. Pero estaba molesto por la derrota también. Así que los dejé con sus duchas, sus gracias, y sus pavos rellenos.

Estaba determinado a enseñarles, a él y a los otros, a cómo respetar a un entrenador en la temporada de béisbol– y a ganar un campeonato. Llamé directamente a su viejo entrenador de Montauk. Me dijo, "Así está la cosa con Seeger y el béisbol. Mi conclusión es que es un jugador decente y uno de esos tipos que a todos los demás les gusta seguir. El problema es que su padre cree que debe convertirse en el próximo Ty Cobb, ¿lo conoce? Y el chico piensa que a veces las reglas no se aplican a él. El año pasado, lo atraparon pateando a otro jugador que se deslizaba en la segunda base. Resultó ser un chico hispano. En resumen, quiero ganar. Pero no así. De cualquier modo, no tengo nada más que decir sobre Seeger. Estoy seguro de que hará un buen trabajo con él".

Lo intenté. Estábamos en camino a una temporada de victorias en béisbol, tal vez la mejor que la escuela había tenido en una década. Los reuní a mí alrededor en el vestidor. Eran chicos como cualquier otro. Seguro, había oído rumores acerca de algunos de ellos poniéndose un poco locos los fines de semana. Pero mientras llegaran a tiempo y listos para jugar, eso era lo que me decía a mí mismo. Quería ganar. Los iba a inspirar. Íbamos a trabajar duro, unir esfuerzos y ganar. Ya vestidos y listos para entrenar, podíamos oler los campos ya listos para nosotros con el pasto recién cortado. Estaban tensos, bateando al aire y golpeando la pelota dentro de sus guantes. Así que les di una frase de un gran beisbolista, que llevaba en mi billetera y que siempre me hacía trabajar un poco más duro. "Hay solo dos lugares en la liga. Primer lugar y ninguno" y quiero que terminemos primeros. ¿Qué dicen?"

Seeger me estudió. Tenía una de sus piernas arriba de la banca. Estaba en medio de todos los chicos. "Me gusta eso. Es bueno, Entrenador", dijo, como si yo hubiera pedido su aprobación.

"¿En qué lugar queremos terminar?", dije seriamente, asegurándome de mirar a los ojos a cada jugador. Era como un reto con Seeger. ¿Quién retiraría la mirada primero? Tenía un brillo desalmado en esos ojos azules. Tenía que empezar el entrenamiento, así que yo lo hice primero, pero solo después de haber repetido, la frase, con más fuerza y ellos respondieron "Primer lugar o ninguno". Se volvió nuestro lema, nuestra porra, antes de todos nuestros juegos.

Pero Jimmy Seeger seguía sin respetarme.

En la Ceremonia del Atleta Escolar, me insultó. Me evitó cuando intenté darle mis felicitaciones, la mano. Sonreí entonces. Lo hice a un lado. En la parte de mi cabeza donde pongo a los jugadores que juegan sucio, los que dan cabezazos o usan esteroides cuando necesitan un "empujón".

Con mi mano barro de mi escritorio el montoncito de fotos con la cabeza de Seeger recortada. La clase empieza en exactamente quince minutos y nunca salgo de esta oficina sin tener mi escritorio limpio.

En realidad, Seeger tenía un bateo demasiado corto. No tenía paciencia. Golpeaba a la pelota y porque tenía suerte o más suerte que los lanzadores que le lanzaban, la golpeaba más veces que no. Entonces dejó de conectar con la bola. Toda la primavera tuvo una mala racha. No podía golpear. Lo hizo odiar el mundo aún más. Se sentía como si no fuera suertudo o especial, como si fuera solo otro chico tonto que golpeaba a lo menso la pelota con el bate. Lo sé porque he estado en su lugar, tuve varias malas rachas cuando estaba en las ligas menores. Para el tercer juego de la temporada, tuve que poner a su mejor amigo, Sean Mayer, como cuarto bate, la posición de Seeger.

Su padre quería que jugara al béisbol más de lo que él quería —eso era obvio para mí. Su padre venía a todos los entrenamientos. Y con él allí, Jimmy no podía darle a nada. Su padre gritaba, *Ojos en la pelota, ojos en la pelota,* aunque uno tiene que sentir la pelota, batear antes de verla. Jimmy necesitaba mantener su muñeca firme y alineada. Tenía que doblarla con rapidez. Mantener sus manos arriba. Tienes que estar en control, no solo tener la apariencia de estarlo. No basta con tener un agarre fuerte, sino fuerte y flexible al mismo tiempo, en control por dentro, al igual que por fuera.

Me involucré y le enseñé cómo mantener la fluidez del bateo, como deslizarse hacia la pelota. El hijo no prestaba atención, su padre sí. Llamaba a su hijo una nena y un maricón cuando fallaba. Le tuve que decir que no usábamos esa clase de lenguaje aquí. Me sentí cómo una de esas mujeres diciéndolo, pero eran las reglas. Después de eso, su padre le compró media docena de bates nuevos para que pudiera decidir cuál era su bate de la suerte. Escuché que pudo haber usado uno de esos bates—

Clavo mis tijeras encima de mi escritorio. Respiro hondo. Desclavo las tijeras, las deslizó en el cajón y observo la recomendación.

Sean Mayer. Antes de que todo esto pasara, me pidió que le escribiera una recomendación al entrenador de la Universidad de Florida, un hombre que yo conocía muy bien. Sean estuvo allí afuera haciendo lo que estaba haciendo, él, Jimmy Seeger y quién sabe cuántos otros en la escuela, aparentemente no era ningún secreto y aun así tiene las bolas como para pedirme una recomendación de ingreso. Luego esta semana, después de su arresto, su madre me llamó por teléfono para ver si todavía escribiría la recomendación diciendo que era más importante que nunca. Apuesto a que sí.

Estoy esperando a que me llame el padre de Jimmy Seeger. De

hecho, el último viernes, una semana antes de lo que todos aquí llaman "el incidente" —porque todos sabemos que es mejor hablar en clave— su padre se apareció en medio del entrenamiento. Insistió que le lanzara una bola a su hijo. Quería un "lanzamiento de las ligas mayores", así lo dijo.

Yo no quería. No era mi estilo avergonzar a los chicos.

Pero el padre de Jimmy no iba a aceptar un no como respuesta. Me siguió hasta el cuarto dónde guardamos el equipo. No tenía permitido estar allí y así se lo dije. Se paró en la entrada, balanceando su bastón como si se tratara de un bate "Vamos, Entrenador. Deje que Jimmy le muestre lo que ha aprendido".

Así que volvimos a salir al campo de béisbol de la escuela, el que tiene un marcador electrónico. El que siempre me hace pensar como, allá en Corona, utilizábamos los bates que nuestros padres o nuestros hermanos nos habían prestado. Bates, pelotas y guantes gastados. Jugábamos todos los días después de la escuela hasta que prendían las lámparas del parque y las personas de la noche, aquellas con las que sabíamos que no debíamos hablar, rondaban las bancas del parque.

allí, en el pasto, le lancé a Jimmy una bola rápida. No la más rápida, pero ciertamente respetable. Tenía una postura digna de las ligas mayores. Levantó el bate con gracia. Sintió la pelota más de lo que la vio. Había estado practicando lo que le enseñé.

Seeger bateó hacia mi recta alta con puro enojo. Un buen batazo. Un batazo de sangre roja, como Ty Cobb lo llamaría.

Aunque debí haberlo eliminado. Nunca debí mostrarle a Seeger cómo batear con tanta confianza que pudiera hacerlo en todas partes. Di un salto para evitar su pelota.

Tanto el padre como el hijo se rieron. "¡Mira cómo baila!", dijo el padre, o el hijo. Sonaban parecido. Descaradamente engreídos.

"¿Feliz ahora?", le dijo el hijo al padre, o a mí. "Lánzame otra".

Dejé volar otra bola.

Salió descontrolada. No a propósito, tal vez. Tal vez solo he perdido la práctica con mis lanzamientos rápidos de las ligas mayores.

"Podría reportarlo por un lanzamiento como ese. Casi le saca la cabeza a mi hijo. Casi lo descalabra. ¿Qué tiene que decir sobre eso? No diga nada. Mi hijo tiene razón. Tiene una mala actitud, Martínez. Usted no pertenece aquí. Quiero que ponga a mi hijo de vuelta en la posición de cuarto al bate".

"Veamos si bateas así el domingo" le dije al hijo, ignorando al padre.

Jimmy me disparó una mirada como diciendo que ya me enseñaría. Que golpearía la pelota fuera del campo. Bien por él, me dije a mí mismo entonces. Si tiene la motivación, lo pondré como el cuarto al bate de nuevo. Le daré otra oportunidad. Quiero creer en mis muchachos. Quiero ser su entrenador, uno que puedan recordar al hablar con sus hijos. Pero sobre todo, quiero ganar.

El domingo, Seeger se perdió el partido. Arrestado. Las noticias citaban a su padre diciendo que era un atleta estudioso, la estrella de los equipos universitarios de fútbol y béisbol, alguien que trabajaba bien con los demás, incluido su entrenador. Esta vez se aseguraron de incluir mi nombre en el artículo.

Me levanto. Miro por mi ventana a los lujosos jardines verdes que rodean la escuela. Me he enterado de que en el pueblo de al lado, hay una escuela buscando contratar a un nuevo director deportivo. La paga es menor. Pero ya solicité el puesto. Ahora mismo solo quiero concentrarme en una sola cosa —terminar el año con la mejor temporada de béisbol que esta escuela haya visto. Quiero ganar el último juego de la temporada, incluso sin Seeger o tal vez incluso a pesar de él.

Gloria Cortez

Su cara es una máscara. Me quiero esconder de esta máscara. Me recuerda a los hombres que quemaban los campos de café donde mi padre trabajaba. Ellos también tenían rostros impenetrables. Rostros de piedra. Pero este hombre es demasiado joven como para ser uno de ellos. Este hombre con su piel pálida como de fantasma, podría ser mi hijo, excepto por la piel. Pronuncia mi nombre.

He estado en esta sala del aeropuerto toda la noche sin comida, sin agua, nada excepto polvo. El aire se impregna a mí, tan viciado, tan pesado, tan caluroso que apenas me puedo levantar para enfrentarme a este americano. He pasado toda la noche con el alma en llamas. Debería haberme quedado con mis hijos. Jamás debí dejarlos sin madre en un país extranjero. No debí tener tanto miedo de irme de aquí.

"Señora Cortez", un americano hablando español mal y de forma lenta, como un chico de primaria. Camino hacia él con mi cabeza en alto. Debo ser valiente por mis hijos. Pero estoy sola y es muy difícil ser valiente. Lleva un traje de negocios de lana negra, demasiado grueso para este país en cualquier época del año. Me muestra su placa de oficial de los Estados Unidos de América. Asiento con la cabeza como si pudiera leer lo que dice.

Repito su nombre, pero no lo puedo pronunciarlo de la misma manera que él. Lo digo como el nombre en español, "Juan". Sonrío. Sé que soy una mujer algo ingenua. Sus ojos azules se arrugan, pero luego reaparece esa máscara.

Tiene mi visa. Me conduce por el aeropuerto. Un bebé llora.

Un hombre fuma un cigarrillo tras otro. Nadie consuela al bebé. Me está guiando, este Mr. Jones, del gobierno de Estados Unidos de América, a través de la terminal del aeropuerto. Los llantos del bebé nos persiguen, haciendo eco en los concurridos pasillos y apuñalando mi corazón.

Mr. Jones me tiene que ayudar a subir al avión como si fuera una mujer mayor. Arrastro las piernas. Mi corazón muere. Estoy sentada en el primer asiento de clase turista de cara a la pared.

"En Nueva York" me informa en una voz baja y cansada, "tendrá que contactar al Departamento de Justicia de los Estados Unidos o ellos se contactarán con usted, no se preocupe. La justicia está involucrada en este caso ahora".

"¿La justicia?" Me esfuerzo en pronunciar la *j* cómo él para que no piense que soy una mujer estúpida.

"¿Lo entiende?"

Asiento aunque no lo entienda.

Sus ojos azules exploran la abarrotada cabina. Sus delgados y finos labios se tuercen en una mueca. "Todo va a estar bien", me miente. "Solo debemos llevarla hasta Long Island".

Sé que miente. Nada nunca va a ser lo mismo. Nada va a estar "bien". Excepto Arturo. Él se va a recuperar en cuanto esté allí.

"Va a haber una audiencia tribunal, Señora Cortez y tendrá que enfrentar al acusado. Debería pensar en lo que dirá. Lo más probable es que haya algunos medios cubriendo la audiencia. Se ha convertido en lo que llaman un caso célebre en algunos círculos. Así que prepárese".

Lo único que quiero es ver a mis hijos. Estaré con ambos pronto. Gracias a Dios.

El avión está listo para despegar. Mr. Jones debe irse. Me aferro a sus dos manos. Son suaves, lisas, frías. No soporto dejarlo ir. Se endereza. Me pregunto cómo no suda en ese traje negro de funeral. Su cara no muestra expresión alguna mientras se apresura a bajarse del avión.

La amable azafata rubia me dice que me abroche el cinturón.

Confieso que mis manos titubean con el metal. Mis manos están encallecidas y son torpes. Suelto un pequeño jadeo. Me ahogo. Lloro sin lágrimas, ya que no quiero molestar a los otros pasajeros.

Sí, sí, me pregunto a mí misma, ¿Qué es lo que diré en esta audiencia? ¿Qué palabras hay para describir tanto dolor? ¿Qué madre podría intentarlo? ¿Qué es una audiencia? ¿Quién me va a escuchar? ¿Quién oyó a mis hijos?

Oficial de Policía Healey
PATRULLERO LOCAL

VAMOS A EXPONER los hechos que sabemos. El sábado pasado, por la noche, aproximadamente a las 11:55 p.m., dos varones hispanos, Arturo Cortez, de veinticuatro años de edad y su hermano, Carlos Cortez, de diecisiete, al parecer fueron atacados. Carlos Cortez reportó el incidente a un operador del 911 aproximadamente a las 12:15 a.m. El tiempo de reacción por parte de la policía y la ambulancia fueron ligeramente más lentos de lo habitual, pero manteniéndose dentro de los parámetros del departamento. Carlos fue tratado por heridas menores y dado de alta. Arturo Cortez sufrió varios golpes en su cuerpo y cabeza. Anoche murió a causa de esas lesiones. La pregunta clave es: ¿alguien será acusado de asesinato?

Toso. Me aclaro la garganta. Siento que me ahogo. Me trago el café tibio. Arrojo una dona, de las normales, a mi boca, sacudiendo las boronas de mi escritorio. Vuelvo a tomar el expediente del caso de los Cortez y continúo. No he podido establecer contacto con la Señora Cortez. De acuerdo con la embajada, la enviaron sana y salva en un avión a Nueva York aproximadamente a las 10 a.m. de la hora local.

Tenemos dos estudiantes de preparatoria. Se incluye a un tal James Seeger, Jr., de dieciocho años, estudiante aplicado, estrella de los equipos de fútbol y béisbol del instituto, y a Sean Mayer, de diecisiete años, hijo del director del Consejo de Educación, acusados inicialmente de varios cargos de agresión basados en el testimonio de Carlos Cortez, que es en el mejor de los casos, un testigo cuestionable. No tenemos a nadie más para corroborar su testimonio. No tenemos un arma. ¿Es este caso indicativo de un patrón de violencia por delitos de odio en nuestra comunidad? No hay registro de tal patrón. Sí. Eso es correcto. El resto de la información con respecto a este caso rebasa mi salario.

Extraoficialmente, ¿escuchamos algunos rumores de que había un montón de chamacos estúpidos acosando a hispanos en las calles, armando escándalo, causando problemas? Sí, tal vez lo hicimos.

Pero nadie reportó nada. Si alguno de estos hispanos se atrevía a incluso entrar en el edificio y tal vez si se aparecieron uno o dos, ni siquiera nos quedaban claros sus nombres. Todo el mundo se llamaba José. Les preguntábamos los detalles: ¿Quién los golpeó? ¿Cómo se veían? ¿Algún rasgo que nos ayudara a identificarlos? ¿Vieron la placa del auto? Ah, sí. Que iban en bicicletas. ¿Qué tipo de bicicletas? ¿Qué prueba tenían de que realmente habían sido golpeados por unos chicos y de que no habían estado en alguna pelea en algún bar? Pero no llegamos a ningún lado.

Y si extraoficialmente les preguntamos si eran ciudadanos extranjeros, lo que realmente significa que están aquí legalmente o no, se callan y piden marcharse. No sé qué esperaban que hiciéramos por ellos. Lo admito, habría sido de gran ayuda contar con algunas personas más en la comisaría que hablaran español, o al menos una en todo momento.

Debo retroceder. Sí hubo un reporte. Como hace un mes, dos hombres vinieron a presentar cargos. Dijeron haber sido atacados por un grupo de chicos con bates de béisbol. Me comunicaron esto a través de señas. Bromeé un poco con ellos. Les pregunté si eran fans de los Mets o de los Yankees. No eran malos tipos, podía verlo, incluso si nadie más aquí podía. Entendieron que lo estaba intentando. De hecho, eran fans de los Yankees. No les guardé rencor por ello.

No había nadie a la redonda que hablara español y sabía que podía llamar a mi esposa y al menos comunicarnos a través de ella, aunque eso no es el procedimiento oficial y me suele gustar seguirlo al pie de la letra. Eran chicos jóvenes, en sus veintes. Uno tenía un brazo roto, un diente faltante. El otro le habían cosido puntos en un lado de su cara, tenía un mostacho. Podía ver que esperaban que yo pudiera hacerles algo de justicia.

El nombre de mi esposa es Gracie, pero también es Graciela. Ella nació Graciela   y su familia es de Puerto Rico, pero no me gusta andar anunciando eso. Cuando la presenté a mi familia, hace ya más de 25 años, la presenté como Gracie. Nos comprometimos de inmediato. No fue hasta la boda en la iglesia, que mis habladores parientes irlandeses se dieron cuenta de que toda la familia de Gracie hablaba en español entre sí, que se dieron cuenta de que Gracie no era italiana, que ya era lo suficientemente malo para ellos. No creo que este caso tenga nada que ver con Gracie.

Era mi trabajo tomar en cuenta la denuncia. En un inglés chapurreado, estos dos, José y José, intentaron describirme lo que pasó a las orillas del pueblo, cerca de la estación de autobús, no muy lejos de dónde sucedió el incidente con Arturo Cortez y su hermano. Como ya dije, incluso bromeé con ellos, los Josés— así que, ¿son fans de los Yankees? ¿Creen que van a lograr llegar otra vez? ¿A la serie mundial? Hay algo sobre el deporte, especialmente el béisbol, que puede trascender todas las diferencias, incluso el lenguaje, si lo dejamos.

Ese caso todavía está abierto. Nadie ha sido acusado. Ni siquiera sabemos si ocurrió algún crimen.

Volviendo al caso en cuestión. El caso de Arturo Cortez. ¿Habrá un cargo de asesinato? Tenemos un cuerpo. Pero no un arma.

Una nueva novedad importante. Carlos Cortez aparentemente ha identificado el auto de Skylar Thompson en la escena del crimen. Su abogado nos hizo el favor de señalarnos esto. Su descripción si encaja con el Mustang rojo en el que la Señorita Thompson y su padre se marcharon el otro día. Sin embargo, Cortez no pudo dar el número de placa para ese Mustang. Debe haber un montón de chicas lindas conduciendo Mustangs rojos en Long Island. Eso es lo que dirán sus abogados. No tenemos un arma. Nadie dice nada. Va a ser muy difícil, si no es que imposible, entender la verdad de todo este asunto si nadie se presenta con información.

Debo decir, Seeger y Mayer, son chicos del vecindario. ¿Dónde estaban sus padres? ¿O las escuelas? O… Jesucristo—

El capitán me está pidiendo que me presente como voluntario para una ceremonia inter religiosa que será el sábado para unir a la comunidad luego de este pregunto si habrá problemas.

Cuando era niño, teníamos demasiado tiempo en las manos. Pero nunca se nos ocurrió salir a atacar a nadie. Fumábamos mota y escuchábamos a los Beatles y a The Who en nuestras radios, así que eso les dará una idea de que tan viejo soy. Éramos demasiado relajados, demasiado fumados, demasiado indiferentes, de algún modo, como para causar este tipo de problemas. Tal vez ese es el problema. Dejamos ir el mundo y nos encontramos de repente aquí — arrestando niños de preparatoria por agresión, aunque ahora el cabecilla, Jimmy Seeger, podría ser acusado de asesinato. ¡Qué desperdicio! ¡Qué crimen!

Y hay demasiadas chicas bonitas manejando Mustangs rojos, a menos que una decida hablar.

PARA SU DIVULGACIÓN INMEDIATA A LA PRENSA

VIGILIA DE ORACIÓN INTER RELIGIOSA
ESTE SÁBADO

Los miembros del clero de nuestra comunidad y sus congregaciones están invitados a atender a una vigilia de oración inter religiosa. Las instituciones religiosas de nuestra comunidad se reunirán este sábado en la mañana para discutir algunas maneras en las que podemos y debemos unir a nuestros pueblos mediante la oración.

"Necesitamos sanar y necesitamos justicia", dijo el Rev. Manuel González de la Congregación Arca de Paz, quien será el anfitrión del evento. "Pero comenzamos reuniéndonos en oración en estos momentos críticos".

Se espera la asistencia de Gloria Cortez, madre de Arturo Cortez quien permanece en condición crítica en el Hospital del Condado, la víctima más reciente del prejuicio racial en nuestra comunidad. Al igual que la presencia de oficiales clave del gobierno y del condado. Se le invita al público a atender. Todos son bienvenidos.

Skylar Thompson

Por favor, por favor, por favor. Que su madre conteste el teléfono. Estoy en el Mustang, con el móvil, estacionada frente a mi casa, bajo la sombra del roble. Había estado posponiendo esta llamada y ahora es jueves por la tarde. Tengo que llamar si es que quiero ver a Jimmy el sábado, sola.

Por favor, por favor, que su madre conteste. Su madre, repito. Solo su madre.

"¡Hola! ¿Quién habla?", grazna la voz de Grant. "Papá, no sé quién es". El teléfono traquetea al caer al suelo.

No su padre. No él. No puedo hablar con su padre. Es demasiado difícil. La cosa es que, él jamás me ha dirigido la palabra. Es peor que mi propio padre. Usualmente, el padre de Jimmy hacía como si yo no estuviera allí. Yo dejaba a Jimmy en su casa y él fijaba la mirada en nosotros al otro lado de la ventana, solo mirándonos, nunca saludando con la mano, jamás abriendo la puerta para decir hola, solo mirándonos. Una mirada fría y dura. Jamás llamé a casa de Jimmy. Tenía mi celular y él tenía el suyo. Su padre no entenderá por qué debo ver a Jimmy yo sola. Peor aún, no puedo hablarle. Según Jimmy, antes del 11 de septiembre, tenía un buen trabajo de construcción antes de que los mexicanos ocuparan todos los puestos, trabajando sin sindicato, en secreto, sub cotizando a todos, a su padre más que a nadie. Está discapacitado. Excepto por el bastón que utiliza cuando sale, yo nunca vi que tuviera nada. Jimmy dijo que el daño era interior, tanto exterior, al ver lo que tuvo que ver y al hacer lo que tuvo que hacer todos los días.

El último jueves, yo quería desesperadamente hablar únicamente sobre nosotros   y era tan difícil para Jimmy, tenía tantas cosas en su cabeza todo el tiempo. Estábamos acostados uno junto al otro. Yo dije, "Hablemos de nuestro viaje. Nuestro verano. ¿Del bote? ¿El bote de tu abuela? ¿De nuestra noche de graduación? ¿De lo que hemos planeado?" Las puntas de mis dedos rozaron su rostro. Yo nunca tomé la iniciativa en nuestras interacciones. Nunca. Lo que realmente quería era que él me besara y jamás se detuviera.

"De acuerdo", dijo él. "Creo que solo voy a llevar a Sean conmigo el sábado por la noche".

"¿Crees que pueda ir alguna vez?" Jamás había sugerido esto antes. No quería ir con ellos en realidad. Siempre tuvo una regla que no permitía chicas.

"Nah", dijo, volteándose sobre su costado, tomándome de la cintura, haciéndome cosquillas hasta que me dolió y empecé a llorar, suplicando que se detuviera. Cuando lo hizo, intenté besarlo.

No lo permitió. Fue como si supiera que yo quería más que besos, más que caricias, tal vez incluso quería romper su regla que permitía que nos quitáramos la ropa de la cintura para arriba mientras que permaneciéramos vestidos de la cintura para abajo. Dijo que debía salvarme de mí misma mientras sujetaba mis brazos, me dio un beso en la mejilla y dijo que era hora de irse a dormir. Habíamos pensado que nuestra noche de graduación, en Montauk, sería nuestra primera noche juntos de verdad. Dijo que quería hacer algo especial. Quería que fuera algo que durara para siempre. Incluso más, dijo él, siempre con gentileza, que quería asegurarse de que ya hubiera llorado a mi madre de forma apropiada, en vez de precipitarme a tener sexo. Él podía controlarse y yo también debería. Yo era pura. Esto era de verdad; y aunque no usó la palabra *amor*, yo la añadí en mi cabeza. El resto del mundo puede que esté fuera de control, dijo él, los pobres o los ilegales, sanguijuelas o lo que fuera, en la frontera, no recuerdo todo lo demás. Pero según Jimmy, juntos podíamos arreglarlo. Solo tenía que controlarme. Tenía que esperar. Mi corazón da un vuelco al recordarlo.

¿Todo eso sucedió apenas el jueves pasado?

Del otro lado de la línea, alguien toma el teléfono. Me preparo. Todo lo que debo decir es, *me gustaría ver a Jimmy a solas.* No tengo que decir nada sobre nuestra conexión o los cargos o ninguna otra cosa. Alguien se aclara la garganta. Su padre, como Jimmy, mide más de seis pies y tiene ojos azules penetrantes. Su cara pareciera ser carne viva y está llena de venas, enmarcado por su cabello prematuramente blanco. Solía jugar béisbol como Jimmy, en la prepa también, creo yo.

"Skylar Thompson" la voz ruge. "Estoy feliz de que llamaras. Te iba a marcar yo".

"Le quería pedir, Sr. Seeger—"

"Quiero, Skylar, que tú visites a Jimmy este sábado. A solas, Necesita verte. Necesita saber que estás de su parte. Necesita hablar contigo. Todos debemos estar juntos en esto, Skylar, si queremos sacar a Jimmy   y lo queremos sacar. Es una pregunta. ¿Lo queremos sacar?"

Estoy fascinada con su voz. Es la voz de Jimmy, más gruesa, más rasposa, aunque con una forma particular de pronunciar *them, there y this,* como "dem", "der" y "dis". Es el acento de Brooklyn, común por estos rumbos, pero más marcado en el Sr. Seeger, como una insignia de honor. Le contesto con un frágil, "Sí".

"Buena chica. Lo verás el sábado. Ponte algo lindo. Cuando fui esta semana, todas las chicas estaban arregladas. Sube la moral".

"Lo haré".

"¿Puedes hacer esto?"

Como Jimmy, él me hace sentir como si pudiera hacer cualquier cosa.

"Jimmy es un ganador. Recuérdalo. Hay ganadores y perdedores. Ni se te ocurra pensar que porque uno de los perdedores decidió morirse algo cambiará. Nada cambiará".

Un segundo, ¿no lo cambia todo? El hermano mayor está

muerto. Jimmy podría ser acusado de asesinato. Me siento mareada.

Él sigue respondiendo sus propias preguntas. "Nada. Él no es culpable de nada. Nada. Excepto tal vez, tal vez de estar en el lugar incorrecto en el momento equivocado. ¿Sabes que le encontraron un cuchillo a ese tipo? Y solamente tenemos el testimonio de un perdedor que dejó la escuela, el perdedor de un perdedor, contra mi hijo y su amigo. Y vamos a dejarlo así, ¿no es así, Skylar Thompson?"

Eso es lo que todos pensábamos, ¿o no? Que había ganadores y perdedores en el mundo y que queríamos ser ganadores, ¿o no? Teníamos que crear nuestras propias reglas, ¿o no? Y podíamos hacer lo que quisiéramos. Suena extraño, retorcido, feo viniendo de su padre. Nunca fue así con Jimmy. Tengo que ver a Jimmy. Me aferro al celular. ¿Por qué cree que esto no cambiará las cosas? ¿Por qué? Estoy segura de que Jimmy estará devastado —alguien está muerto— y él estuvo allí — algo pasó esa noche. Esperen. "¿Encontraron un cuchillo, Sr. Seeger?"

"Síp" dice. "La policía lo encontró. Tal vez lo anuncien en las noticias hoy, aunque creo que esta historia ya debería ser noticia vieja".

Yo no vi ningún cuchillo, ¿o sí? Pero eso no importa, Jimmy debió haberlo visto. Tal vez Arturo Cortez lo escondió hasta que estuvo justo al lado de la SUV. Seguro amenazó a Jimmy y a Sean. Quiero decir, Jimmy no debió de gritarles a él y a su hermano esas cosas. Pero no eran cosas que Jimmy creyera realmente, eran solo palabras. Todos lo sabían. Nunca debió resultar así. No se suponía que nadie saliera lastimado de esta manera. No tanto como para matarles.

"Escucha. Jimmy necesita algo de ti. ¿Sabes qué es? Necesita que creas en él".

"¿Sr. Seeger?"

¿Sí?"

Siento que hay un espacio inmensurable entre nosotros. Me

duele la cabeza. Estoy tan feliz de que encontraran un cuchillo, quiero decir aliviada. Estoy contenta de haber hablado con el padre de Jimmy. Quiero agradarle. Pero debo irme. No sé a dónde, pero necesito conducir a algún lado. Ahora. Vamos.

"Que pase buena noche, Sr. Seeger".

"Mi hijo superará esto. Ya verás". *Click*. Silencio.

Skylar Thompson

NUBES DE TORMENTA salpican un cielo azul negruzco. No debería estar tan oscuro aún. Debería ser esa hora del día dónde el calor mágicamente desaparece, pero no lo hace. Incluso con el viento soplando, el calor permanece. No hay sombra. Bolsas de plástico vuelan como si fueran plumas rechonchas a través de la carretera. La única esperanza es una tormenta. Derrapo al salir de la autopista. No sé cómo conduje por horas después de hablar con el padre de Jimmy y ahora me encuentro aquí, como a diez, once minutos de mi casa. Pero estoy aquí. Creo en Jimmy. Pero estoy aquí otra vez.

Aquí es en medio de la nada. Es un pedazo de carretera entre dos pueblos. Es este restaurante. Una última estación. Un campo. Una parada de autobús. Y justo como la noche del sábado pasado, me precipito al estacionamiento del restaurante de barbecue y me dirijo hacia la parte de atrás y hacia la esquina opuesta más alejada. Tengo una vista perfecta de la carretera, son cuatro carriles: dos hacia el sur, dos hacia el norte, una isla de concreto en medio.

Esta tarde, hay carne cocinando, humeando por el aire. Este es un restaurante familiar, su especialidad—órdenes de costillas. Mi padre solía sugerir siempre que viniéramos aquí, antes de que mi madre se enfermara. Nunca lo hicimos. Ahora una mezcla confusa de aromas se abre paso a través de la ventana abierta de mi auto: ozono, grasa de carne, smog. Despego las manos del volante, dejo que mi cabeza se caiga para atrás.

Estoy aquí. Al sur de la parada de autobús, el vecindario cambia como si se hubieran puesto de acuerdo y no hay razón alguna para que yo vaya allá, salvo cuando mi padre toma uno de sus famosos atajos de la L.I.E. En ese lado de la frontera, las tiendas están tapiadas. Los edificios de oficinas tienen letreros de renta colgadas. Nunca entramos en las tiendas que están abiertas. Ofrecen cobranza de cheques y transferencias de dinero en inglés y en español. Eso siempre hace que mi padre diga algo sin pensar como, "¿No saben que hablamos inglés aquí?" Hombres se juntan en grupos pequeños en las esquinas, aunque las calles siempre se sienten de alguna forma desiertas.

Batallo para enderezarme. Sacudo mi cabeza como si hubiera estado durmiendo. Al lado del restaurante de barbacoa hay una tierra de nadie. Es un lote vacante, un campo. Pasto que te llega a la cintura que está plagado de botellas de plástico y latas de cerveza y, me doy cuenta ahora, montones de inesperadamente bellas florecillas silvestres amarillas. La parada de autobús, indicada por un letrero de metal puesto sobre un poste telefónico, se puede ver en frente del campo. No hay ningún tipo de cobertizo en la parada. Sólo un punto en el borde de la autopista y eso es todo. Cuando Jimmy y Sean los persiguieron, corrieron desde la parada hacia los campos. Escuché los gritos entre el pasto. Ahora, al lado del descolorido anuncio de se vende" en este pedazo de tierra sin urbanizar, se ha colocado una barrera policial, justo al lado de las flores silvestres.

Truenos retumban. Las nubes viajan velozmente sobre mi cabeza. Mi corazón da un brinco. No debería estar aquí. Pero eso no fue lo que dije esa noche, ¿o sí? Estaba encantada de estar allí.

Esa noche comenzó como cualquier otro sábado por la noche. Nos habíamos encontrado en mi casa. Mi padre estaba trabajando como siempre.

"Es su droga. Trabajar", explicó Lisa Marie en su voz de psicoanalista sabelotodo. Entonces ofreció a todos lo último que había sacado del gabinete de medicinas de su madre. Yo no tomé nada, jamás lo hacía. Tampoco Jimmy; había tomado una cerveza o dos.

Sean, por supuesto, no tuvo problema en agarrar una píldora de cada color y tomárselas con un trago de vodka. Lisa Marie le estaba haciendo ojitos a Jimmy, pero la ignoré y él también, al menos quiero creer que lo hizo. No, estoy segura de que lo hizo. La estábamos pasando bien, eso era todo.

Nos íbamos a encontrar con los demás en Dunkin' Donuts en la esquina más alejada del centro comercial del pueblo, en el estacionamiento de atrás, a lo largo de dónde estaban plantados los árboles, un lugar ya establecido. La semana pasada, Benny, cuya familia es dueña de la sucursal del Dunkin' Donuts, realmente quería formar parte del grupo de Jimmy. Su familia es de Bangladesh. Como a Jimmy le gustaba señalar, su familia estaba aquí legalmente. Eso es diferente. Y siempre nos daban donas gratis. Y nadie nos molestaba en la parte de atrás del estacionamiento.

Cuando ya estábamos todos, debíamos de haber sido al menos veinte. Benny corrió fuera de la tienda con cajas de donas y tuvo que disculparse. Su padre lo necesitaba en la tienda. No podíamos contarlo en nuestro grupo esa noche o incluso quedarse más de un minuto. Tuvo el suficiente sentido común cómo para traer la dona favorita de Jimmy, cubierta de coco rallado y Jimmy le prometió que estaría en la lista la próxima vez. Se tragó media docena de donas con dos Red Bulls. Benny estaba agradecido. No podía dejar de decir gracias. Eso le molestó a Jimmy lo suficiente como para que empezara a imitar a Benny.

Todos se rieron, incluyéndome a mí. Incluso sabiendo que habíamos herido a Benny.

Incluso aunque me miró con ojos llenos de tristeza, me reí. Me miró como si el hecho de que yo me hubiera reído fuera todo lo malo que hay en el mundo. No lo vi así entonces, pero ahora sí.

Benny se apresuró a entrar a la tienda de sus padres de nuevo y Jimmy anunció sus planes. Sólo Sean y él esta vez. La siguiente semana, miembros del equipo de béisbol, después del último juego de la temporada. Me guiñó un ojo.

Sabía lo que estaba haciendo. Al excluir a los demás los hacía desear unirse aún más. Sean brincaba de arriba a abajo cómo un cachorro, un cachorro borracho y drogado, apresurándose a tomar su lugar junto a Jimmy, diciendo, "Vamos. ¡Vamos! ¡*Vamos*!" Cómo una porra, como no sé qué.

Jimmy dijo que el resto de nosotros estaríamos de "reconocimiento" —cómo le gustaba usar ese tipo de palabras, como si estuviéramos hablando nuestro propio lenguaje secreto. Nos veríamos aquí, hablando coloquialmente, a medianoche. Gruñidos, discusiones, ruido siguieron. Todos querían ser elegidos.

El sábado pasado por la noche. No estaba con Jimmy en el SUV de Sean. Puedo decir eso con honestidad. Ni siquiera sabían que Lisa Marie y yo los habíamos seguido. Pero estaba allí, en ese lugar desolado, en ningún lado, completamente perdida sin Jimmy—

Y entonces, lo veo. El otro hermano. El que no está en el hospital. El que corrió a través del campo. Está vagando a través del estacionamiento del restaurante de barbecue. ¿Cómo se me ocurrió regresar aquí? ¿Cómo se le ocurrió a él?

Mi cabeza retumba. Necesito aire. Por supuesto, él jamás me vio o al Mustang antes. Soy nadie para él. Nada. Incluso sabiéndolo, no me atrevo a moverme.

Está vestido en pantalones negros y una camisa blanca. Tiene una cara llena de ángulos rectos, con pómulos altos y afilados. Brazos largos que apenas salen de unas mangas que deberían ser más cortas. De alguna manera lo noto más alto o tal vez su cabello negro es más corto, o se lo ha sujetado lejos de su rostro. Era oscura la noche pasada del sábado. No, no es cierto. Había luna llena. De cualquier manera, estaba concentrada en Jimmy.

Debería irme. Pero ahora que estoy aquí, quiero decir, debe de haber alguna razón por la cual estoy aquí. Esa noche, tenía que ver con mis propios ojos que hacía Jimmy en sus excursiones. No era que no confiara en él, pero tenía que verlo por mí misma. Y pensé que sería divertido. Siento la misma obsesión ahora, pero sin pensar que será divertido.

Un hombre gordo y redondo tropieza al salir del lugar de las costillas barbecue.

Empieza a llamar, "Carlos".

Y Carlos se tensa. Levanta una mandíbula cuadrada de forma desafiante, pero luego sonríe con lo que parece ser una sonrisa forzada, quiero decir, no sonríe con sus ojos, que están entrecerrados, más negros que marrones, enfocados en el hombre gordo.

"Carlos, hombre". El hombre resopla mientras se acerca a Carlos. "Mi tío, quería que tuvieras esto". Le da a Carlos una bolsa grande de plástico del restaurante. "Dice que no es necesario que vengas los próximos días. Todos nos sorprendimos de que vinieras hoy, hombre."

"Si no trabajo, no me pagan, ¿verdad, Angie?", pregunta Carlos ligeramente.

No tiene acento, suena como cualquier otro chico de Long Island.

El hombre gordo no dice nada.

Carlos toma la bolsa de las manos de este sudoroso hombre con la piel de un tono rosado. "Te veré mañana, Angie".

"Sí", dice Angie, como digiriendo la idea, antes de retroceder dos pasos hacia el restaurante. Se detiene, jadea, grita, "Ey Carlos. Casi lo olvido. Una cosa más. ¿No nos vamos a meter en problemas con nadie que venga a preguntarnos sobre tu estatus o nada por el estilo? Escuchamos que tu hermano estaba en toda clase de trabajos usando un número del Seguro Social falso. No queremos tener problemas—"

"Yo nací aquí", dice sin levantar la voz. "Eso quiere decir que soy americano como tú, Angie. ¿Alguien ha venido a comprobar tu estatus?"

"Tienes razón", dice lentamente, como si fuera algo difícil de entender para él. "Es sólo que, hombre incluso mi tío está preocupado sobre si el gobierno se aparece y empieza a revisar cosas, sí sabes a lo que me refiero. Pero, ey, no te preocupes, Carlos, tú eres diferente. Lamento todo lo que ha pasado, hombre. Eres buena gente".

"Te veo mañana, Angie" responde Carlos de forma inexpresiva y espera hasta que Angie se retira, hasta que se tambalea hacia la carne que se cocina, antes de seguir caminando.

No sé qué pensar. Jimmy siempre estaba diciendo que estás personas vienen aquí y que eran malagradecidos, viviendo como parásitos de nosotros. Excepto que Carlos tiene un trabajo. Un hermano muerto y un trabajo.

Esa noche Lisa Marie estaba inconsciente. Puedo decir eso de manera honesta. Estaba inconsciente, hecha un ovillo en el asiento de pasajeros, feliz y completamente inconsciente. Estábamos en este estacionamiento, con las luces apagadas, en la esquina más alejada del restaurante, demasiado cerca de las rejillas de ventilación, escondidas.

Estaba pensando que tal vez yo podía ser el tipo de chica que hace cosas locas o peligrosas, que me gustaría ser ese tipo de chica, que ese es el tipo de chica que siempre sería la chica de Jimmy. Pensaba en eso y veía a Jimmy, en el asiento de copiloto, sacar su brazo, haciéndoles señas para que se acercaran, acariciando el aire con sus dedos.

El mayor, Arturo, más bajo y robusto, tenía su brazo alrededor del más joven. Lo soltó y se acercó a la SUV solo. Jimmy siguió haciéndole señas para que se acercara aún más, aún más y lo tomó por su antebrazo —solo se suponía que los golpearan con un bate acolchado, o que los empujaran al suelo, o que los hicieran correr.

Esas eran las reglas para el grupo de Jimmy. Siempre dijo que quería asustarlos, hacer un juego, nadie los quería en nuestro pueblo, o a las orillas de este, o incluso aquí en la tierra de nadie. Es una isla pequeña, eso es lo que Jimmy siempre decía.

Arturo debió de ser muy fuerte. Se soltó del agarre de Jimmy.

Eso debió de enojar a Jimmy. Antes de entender lo que estaba pasando, Arturo estaba gritando en español. Estaba corriendo, jalando a Carlos, las puertas del SUV se abrieron de golpe.

Jimmy salió con un bate, su bate. Sean lo seguía, rugiendo. "Vamos, vamos, vamos. Sí, vamos". Y Jimmy corría a través del campo. *Vamos. Vamos. Vamos.*

Pensé que ambos lograrían escapar.

Vi el swing del bate. Lo escuché—*crack*. Tu hermano fue golpeado en la parte posterior de su cabeza. *Crack*. Lo escuché tanto como lo vi. Eso es todo, lo juro.

Salí disparada. Aceleré el Mustang en la dirección opuesta, Jimmy y Sean jamás vieron que mi Mustang se apresuraba a salir de allí. Aceleré sobre este tramo de la carretera lo más rápido que he conducido en mi vida. Lisa Marie ni siquiera se movió.

Las lámparas de la calle están rotas. ¿Lo estaban esa noche? Los pájaros que no puedo ver se llaman unos a otros frenéticamente. El ozono asfixia el aire. El cielo se torna más negro que azul.

Ey, Carlos, quiero llamarle. *Quiero hablar contigo.* Quiero, pero no puedo. No me puedo ni mover. No puedo hablarte, ¿o sí? ¿Qué podría yo decir que significara algo para ti? "Ey, Carlos" susurro. Sé que no puedes oírme. Estás en la parada de autobús, viendo sobre tu hombro, mirando de lado a lado y hacia el restaurante. Estoy a más de cincuenta yardas de dónde tú estás. No puedes verme. No me conoces. No te conozco, quiero gritar. No me viste esa noche. Nadie me vió . Nadie sabe que estuve allí excepto mi padre y Lisa Marie. Sigues viendo la carretera de arriba a abajo. Debes de estar buscando el autobús. No estás pidiendo un aventón. Por favor. Quiero decir, ni siquiera sé a dónde se dirigen. Los autobuses. No conozco a nadie que se transporte en ellos. Quiero decir, he estado en los autobuses escolares. Hasta el año pasado tomé el autobús escolar cada día de mi vida. Todos en nuestro distrito toman el autobús. Puedes vivir a una cuadra de la escuela y aun así tomar el autobús. Jamás entendí eso. Pero es la política de la escuela. No creo que los padres quieran tener a sus hijos que caminen a la escuela. Hay toda clase de depredadores hoy en día. Pervertidos, quiero decir. ¿Pero a dónde me llevaría este autobús si me subiera? ¿Me llevaría hasta las playas? Apuesto a que sí. No están tan lejos, aunque a veces se te olvida. Vivimos aquí en la Isla, una isla pequeña y se te olvida que hay playas. El verano pasado, no fui a la playa para nada. Casi nunca dejaba la casa. Estaba con mi madre.

Sabíamos que se estaba muriendo —de cáncer ovárico— así que me quedé con ella. Siempre decía que la única cosa importante en su vida, además de mi padre y yo, era su auto. Le gustaban los coches deportivos. Y ni siquiera conducía rápido. Dejaba que mi padre lo hiciera en su coche cuando sólo iban ellos dos juntos. Es lo que me dijo al final, cuando presionaba las llaves en la palma de mi mano. Dijo: "deja que tu padre conduzca de vez en cuando". Pero nunca quiere hacerlo. Lo lamento. De verdad. Lo que le pasó a tu hermano. *Lamentar* es una palabra que expresa lástima, eso era algo que mi madre siempre solía decir. Nadie realmente conoce el verdadero significado de esa palabra, decía ella. Mejor concentrarse en la esperanza, decía ella. Odiaba a cualquiera que dijera que lamentaban la pérdida de mi madre. ¿Estaban realmente llenos de dolor? ¿No es eso lo que significa lamentar? Sabes, me han pedido que testifique otra vez. Difícilmente cuenta cómo una petición. El Oficial de Policía Healey dice que debería durar de treinta a sesenta minutos. Lisa Marie dice que su padre piensa que debería conseguir un abogado si voy. Dice que yo no tengo que ir, o decir, o hacer nada más a menos de que me citen, e incluso entonces puedo decir que yo no sé nada de nada. Es verdad. Quiero decir, ya no sé nada. Pasa un auto de policía. Una bolsa plástica cae sobre mi parabrisas. Tengo que alejarme de aquí. Me estoy mareando.

Verás, no debería de estar aquí ahora. Jimmy me odiaría si se enterara. Aun así debes saber que yo jamás te llamaría un marica, o un homo, o un sucio mexicano, o un frijolero estúpido. Sé que lo que ellos te llamaron fue peor, mucho peor, especialmente después de que las puertas de la SUV se abrieran de golpe y Jimmy se abalanzara sobre ti con un bate. Era una noche clara. Yo escuchaba y veía cada movimiento y sonido proveniente de Jimmy. Si Jimmy hubiera sabido que eran hermanos, jamás los habría llamado maricones. Pero estaban aquí, con sus brazos entrelazados uno del otro. Te lo prometo, jamás lo había escuchado decir nada contra los homosexuales antes. Debes de saber esto aunque no te pueda hablar, verás. No debería de estar aquí en estos momentos.

Trato de abrazarme más cerca del suéter. No he comido nada en todo el día y probablemente por eso tengo tanto frío. Tengo que irme. Tengo que comer algo. Quiero decir, ¿qué puedo decir ahora? Nadie podría haberme dicho nada cuando murió mi madre. No tengo nada más que decirle a nadie, excepto a Jimmy. No hay esperanza, quiero decir, excepto para él.

Se oye el rechinar de los frenos. La sacudida del tubo de escape.

Doce llantas en lugar de cuatro. Las puertas se abren de forma mecánica. ¿Cuánto cuesta el pasaje? Los pasajeros se recargan unos sobre otros. Algunos parados, algunos sentados. Hay cabezas sobre manos, algunos bebés, algunas bolsas voluminosas sobre regazos. Te paras en el centro de todo aquello mientras el autobús se aleja.

¡Carlos! ¡Ey, Carlos!

Si digo que estoy desbordando de dolor, por la muerte de tu hermano, quiero decir: ¿importaría ahora? Una opaca oscuridad desciende de repente. El hedor de carne quemándose y el esmog de autos se mezclan. Me dan arcadas. El cielo retumba. La lluvia estalla sobre esta pequeña isla y bolsas de plástico, plumas rotas, están aplastadas sobre la carretera.

Carlos Cortez

INCLUSO A MEDIANOCHE, el área de llegadas internacionales del aeropuerto John F. Kennedy está atascada de gente de todo el mundo. Familias se gritan saludos en cien lenguas distintas. Hombres con gruesos bigotes ofrecen viajes. Equipajes se apilan hasta la cintura y hay niños corriendo entre todo ello. El techo es bajo, la luz, pobre y el suelo está regado de envolturas de caramelos y botellas de agua a medio acabar. He estado sudando y caminando en círculos durante las últimas dos horas. Cada cinco minutos checo las llegadas. Sacudo las flores que le traje a ella como si con eso la pudiera mantener vivas. Su vuelo, ya horas más tarde –retrasado por tormentas eléctricas y después retrasado otra vez en la pista sin razón alguna.

La última vez que estuve aquí, de niño, mi pasaporte americano colgaba de mi cuello como un talismán, un hechizo. En la aduana me enviaron por una fila diferente. El agente me sonrió y me indicó que siguiera. Mi tía, tío y Arturo vinieron a mi encuentro. Arturo me levantó, sosteniéndome en sus grandes brazos hasta que me retorcí para bajarme, y me persiguió más allá de las puertas del aeropuerto.

Hoy, todos en el mundo están reclamando a un ser querido. Otra hora pasa a rastras. Quiero tirarme al suelo. Gritar. Llorar. Debería haber estado con él. Mi espalda debería haber recibido los golpes. Y debería haber estado en el hospital, cuando él murió. Ahora debo ser un hombre. Tengo que estar aquí por ella y por Arturo. Y tengo que poder hablar de la verdad con cualquiera que escuche.

"*¡Mami!*"

He traído rosas blancas y eucalipto porque son sus favoritas, porque Arturo le hubiera comprado esas flores, porque él amaba darle flores a las mujeres; a nuestra tía en los días festivos, a las chicas *quinceañeras*. El bouquet queda aplastado entre nuestro abrazo. Mis tíos nos rodean a mi madre y a mí. Ellos también dejan caer lágrimas. Y ven por nosotros como si necesitáramos protección extra. Sollozamos con una peculiar mezcla de duelo y gozo que nos deja aferrándonos los unos a los otros, suspirando, llorando por los muertos así como por los vivos, envueltos en el aroma del ramo.

Pronto mi tío se ofrece a ir por el auto y traérnoslo. No quiere pagar una fortuna de estacionamiento. Ha estado en este país por más de treinta años y odia las cuotas de carretera y cobros de estacionamiento y las pequeñas formas en las que el gobierno se aprovecha del trabajador.

Mi tía, siempre impaciente, dice: "Anda ve, ve, sé útil. Ve por el auto. Yo voy por las bolsas. No queremos pasar toda la noche aquí".

El cabello de mi madre está recogido atrás de su cuello. Recuerdo cómo, cuando yo era chico y aún estaba con ella, amaba cepillarle el cabello, tan largo que le llegaba a la cintura. Se inclinaba sobre sus rodillas y guiaba mi mano por su pelo. Una vez le dije, después de que me enviara con Arturo, que me preocupaba su cabello, que estaba solito sin mí. Pero ella se rió y me dijo que no me preocupara, su cabello estaba bien. Siempre estaba pensando en cortárselo, amenazando con usar el dinero que enviaba Arturo para ir al salón de belleza, pero obviamente nunca lo hizo. Ahora yo soy más alto que ella al menos unos 30 centímetros. Yo soy quien se agacha para esconderme en su cabello.

Mami. Mami. Mami.

Algunos pétalos blancos caen y se esparcen por el suelo sucio. El dulce olor del eucalipto penetra en mi camisa de trabajo blanca, en su antiguo vestido negro de algodón. "Perdóname" le digo. "No pude salvarlo".

Me aparta de ella, me pone derecho. "Mírame. ¿Qué me estás diciendo, papi?"

"Ahora soy tu único hijo".

Colapsamos en los brazos del otro.

Y pienso: No estoy solo en la línea divisoria de esa autopista.

Y decido: Voy a tener coraje.

Demandaré justicia de la ley. Y sostendré la esperanza y el amor cercanos a mi corazón.

Lisa Marie Murano

Todos lo saben. Nadie habla.

Ese es mi mantra. Nadie habla. Todos me miran para que lo confirme. Y lo hago. Todos lo saben. Nadie habla.

Sean es como una celebridad este viernes en la mañana en el estacionamiento de la escuela. La escuela le ha dejado en claro que aún debe asistir a clase para graduarse en junio. Pero nunca se dudó que fuera a regresar a clase. El debería estar aquí. No rompió ninguna regla de la escuela.

Es una de esas mañanas gloriosas de junio en las que nadie quiere estar en clase, ni siquiera los maestros. Traigo puesto un top blanco sin mangas y unos jeans de un morado profundo que son perfectos para el día. Me recargo contra el Camaro negro y siento como si brillara bajo la luz del sol.

Este domingo es el juego final de la temporada de béisbol y si ganamos, pasamos a los juegos nacionales. "Si Jimmy fuera a jugar, tendríamos la victoria garantizada", fanfarronea Jake Kroll, como si estuviera en el equipo.

"Le devolvieron sus hits", dice Benny. Algunas risitas nerviosas y estúpidas irrumpen en las orillas de nuestro grupo. Me sorprende un poco por parte de Benny, pero, bueno, él siempre" está tratando un poco de más". Lo ignoro.

Sean echa la cabeza para atrás, abre la boca como si fuera a reír y no lo hace. Jadea como que no puede recuperar su aliento. Golpea su pecho con su puño. No sé lo que le pasa. Huele rancio como si no se hubiera bañado desde – no voy a decirlo. No voy a pensar ni en él ni en Jimmy en la cárcel – como si no se hubiera bañado después de una larga y ardua práctica bajo el sol caliente.

Le doy a Sean un zape juguetón, pero no del todo. "¿Qué te pasa, eh?"

"Calma", dice él, jadeando.

Lo golpeo más fuerte. Quiero que les diga a los demás que hablen de otra cosa, pero no me entiende. Y de repente, se deja ir, riendo. Me pregunto si está drogado. Realmente no tiene mucho de lo que preocuparse. Es un menor de edad. Sus padres se están ocupando de todo. Su madre incluso llamó a la mía. No tiene nada de que preocuparse.

"¿No lo entiendes o sí?" Sean me dice, con la cara colorada. "Todo el año, todos nosotros, los de último año, Lisa Marie, hemos estado esperando que el año acabe y que no acabe nunca. Un quiebre en el tiempo y el espacio. Y ahora cada momento que estoy despierto –porque ya no duermo– lo único que deseo es poder hacer que vuelva   el tiempo atrás y hacer que fuera hace una semana. En vez de eso, estoy cayendo desenfrenado por el espacio".

"Lo entiendo" le digo entre dientes a Sean. Todos lo saben: nadie habla o comenta o se ríe respecto a este incidente mientras Jimmy esté en peligro. Debemos ser leales.

"Piensa en Jimmy", le recuerdo.

El deja caer su cabeza. "Me voy a casa. Y no te preocupes, Jimmy es en lo único que pienso".

"Sean, no seas un perdedor" le digo yo, aferrándome a sus antebrazos. Él se sacude y se separa de mí. "Sean, deberíamos hablar más sobre cómo te estás sintiendo" le ofrezco. Me invade la frustración. Lo único que quiero es asegurarme de que el incidente es tratado de la mejor forma para todos, incluido Sean, que según lo que él mismo me confesó, la regó la noche del sábado pasado.

Pero estoy distraída. Skylar está arrastrando los pies por el lote de estacionamiento en dirección a los espacios de último año. Todos menos Sean la rodean. Él está corriendo a través del estacionamiento, zigzagueando entre los coches. Debería ir tras él. Pero estoy segura de que estará bien. Ya trabajaré en él más tarde. Mi enfoque en este momento debe ser Skylar. Ya regresaré a Sean. Tengo que mantener a todos unidos y, obviamente, Skylar me necesita más.

Su cabello está desaliñado, amontonado en la parte de atrás de su cabeza. Está usando un suéter y una camiseta negra, el mismo de ayer y se ve como si no hubiera dormido. Doy un paso de lado y al frente, envolviéndola en un abrazo estilo Lisa Marie de clase mundial, aunque lo que quiero hacer es sacudirla.

"¿Estás bien?" le susurro en su oreja.

"No".

"Háblame".

Espero a que diga algo más. Suena la campana del primer período. Quiero que diga algo más. Todos nos movemos como uno solo, lentamente y con el sol en los ojos, hacia la puerta doble abierta.

"¿Qué pasó?" Le digo, tomando su brazo.

"Tengo que hablar".

 "Habla conmigo. Saltémonos el primer período"

Skylar sacude su cabeza y se tambalea al entrar. Largos y anchos corredores –cada uno con señales marcadas con cosas como camino de la amistad, calle de la cooperación, pabellón de la amabilidad, como si eso nos dirigiera en vez de nuestros instintos en bruto– convergen aquí. Un estandarte que felicita a nuestra clase por graduarse cuelga entre Amistad y Amabilidad. La campana grita su último aviso. Tengo que apurarme para alcanzar a Skylar, lo que me molesta bastante.

"¿Qué quieres decir con 'hablar'?" le digo, acorralándola, encarándola cerca del escaparate que está señalando la obra de primavera, *Rent: Student Edition*. Observo el póster que muestra al club de drama vestidos como artistas pobres del Lower East Side. Un gran hit, me encantó.

"¿Por qué nadie ha dicho nada?"

"¿Qué? ¿Qué lo sentimos?" Le digo acercándome más a ella, tratando de hacerla entrar en razón.

"Odio esa palabra" dice Skylar, "¿qué significa realmente?"

"No significa nada. No hay nada que sentir. Tú y yo no hicimos nada. Y los chicos no son culpables. Recuerda, 'no son culpables'". A veces Skylar realmente necesita que le deletrees todo despacito.

"Me están pidiendo que vuelva a ir a más interrogatorios. ¿Más? ¿Qué más quieren preguntarme? Es voluntario, pero ahora mi padre quiere que tenga un abogado y tú me vas a odiar—"

"Nunca" le digo a mi amiga más antigua, "sólo si hablas—"

"He estado pensando más y más sobre ellos".

"¿Quiénes?"

"Los hermanos".

"Ah".

"Arturo y Carlos Cortez. Su familia, ¿qué hay de ellos? Nosotras los vimos insultar a Carlos y Arturo. Perseguirlos".

"Yo no", digo y esta es la verdad. Le recojo el cabello de la cara. "Skylar, yo no vi nada".

"Es cierto. Tú estabas desmayada".

"Yo no estaba allí, Skylar"

"Estabas desmayada en el asiento de pasajeros" su voz revienta tras cada segunda palabra. "¿No podemos al menos ser honestas entre nosotras?"

"Yo no estaba allí".

"Okay, no estabas allí. Pero sabías a dónde íbamos. Sabías tan bien como cualquiera, tal vez incluso mejor que cualquiera salvo Jimmy, lo que estaba pasando todo el año".

"No sabía y no sé, nada".

"¿No crees que al menos deberíamos decir que lo lamentamos?"

"No".

Su suéter se resbala de sus esbeltos y temblorosos hombros. Yo trato de ayudarla a acomodarse el suéter. Ella batalla con los botones; yo le abotono el de hasta arriba. "Podemos hablar de esto en otro lado. Este no es el lugar para hablar de ello".

"¿Y dónde si lo es? Aquí no. Tampoco en la estación de policía. ¿Dónde? No sé a dónde ir".

"Skylar, por favor". La callo. Los pasillos se están vaciando rápidamente a nuestro alrededor.

Su cabeza cae contra su pecho. No puedo ver su cara. Tengo que esforzarme para escucharla. "Yo lo vi. Jimmy tenía un bat de béisbol en las manos. Lo lamento". Y luego, insoportablemente, por qué quisiera tener un amor como ese, ella dice, "aún lo amo. Me estoy rompiendo en pedazos. Mi corazón se está rompiendo. Digo, estoy empezando a odiarme. Pero lo amo".

Le quito el cabello de la cara. No me puede mirar a los ojos. "Tengo que ir a clase", dice. "Tengo un examen, lo siento. Tengo que irme—"

No la dejo pasar. "Cállate por favor, Skylar. Concéntrate. No me malentiendas, sé que esto es una pesadilla; va a ser una larga pesadilla para todos nosotros. Necesitamos apoyarnos entre nosotros. Se han declarado no culpables. Todos saben que no estaban realmente tratando de lastimar a alguien". ¿Cómo puedo hacerla entender? Está murmurando algo sobre un examen de cálculo. Yo quiero arrastrarla a afuera bajo el sol y hacerla entender: todos lo saben, nadie habla. Eso me incluye a mí. Eso la incluye a ella.

"Te voy a ayudar, Skylar. Lo haré. Por favor cállate. Mantente callada. Ven conmigo". Le doy un abrazo. Huele rancio, mohoso y viejo. "No te preocupes, Skylar, voy a estar allí para ti. ¿Entiendes que no estás sola en esto? Nadie tiene que decirle más nada a nadie. Nadie tiene que hablar sobre lo que estaba o no pasando".

Skylar me empuja para alejarse. Así que digo, "Él también me llamó".

"¿Quién?"

"Jimmy"

Eso la detiene. "¿Qué?"

"Antes de que te llamara a ti, Skylar" lo digo con una voz tan casual que podría estar deseándole un lindo día.

Eso la despierta.

"Está preocupado" le digo. Finalmente tengo su atención.

"¿Por mí?"

Titubeo. "Por todo". Mentira por omisión. "Me pidió que me encargara de las cosas, ¿si entiendes a lo que me refiero?"

"No estoy segura" dice ella, sus hombros curvándose hacia adelante, como si esto fuera un examen.

"Confía en mí".

"No creo que aún pueda confiar en nadie"

"¿Estamos yendo a clase, Srta. Thompson, Srita. Murano?" Pregunta el entrenador Martínez, acercándosenos en sus rondas del pasillo. Él es guapísimo. No me importa de qué nacionalidad sea. ¿No prueba eso algo? Se lo quiero decir esto a Skylar, pero ya está arrastrando los pies, cabizbaja, yendo rumbo a su clase.

"¿Y usted, Srita. Murano? ¿Tiene clases hoy?"

Me doy vuelta. Le sonrío al entrenador y murmuro, "Fiebre primaveral" y me voy deslizándome por los pasillos pulidos como si tuviera prisa, aunque claramente no la tengo.

Skylar Thompson

Evito MIRAR al Sr. Lake, mi profesor de cálculo, que se pelea con los papeles de los exámenes   y me mira a través de ojos entrecerrados como si me odiara. Me quiere reprobar y yo lo estoy ayudando. Solía ser mi profesor favorito, el consejero del equipo de matemáticas.

Me lanza el papel del examen. Todos dicen que vive con el Sr. Schwartz, el maestro de matemáticas. Que es gay. No es que me importe que si es gay o no. Pero es lo que todo el mundo dice. Los dos hombres son de los maestros más jóvenes en la escuela   y viven fuera de la Isla, en algún lugar de Brooklyn.

Los números que siempre han sido tan consistentes en mi vida no parecen funcionar más. No me puedo concentrar. *¿Jimmy llamó a Lisa Marie también?* Las ecuaciones se mezclan entre sí. Creo que me costaría trabajo responder si alguien me preguntara la solución a dos más dos en estos momentos.

Todos sabían lo que Jimmy y Sean hacían —y los otros que se les unían los fines de semana— cuando decían que iban a cazar frijoleros. Nadie hubiera dicho que terminaría en esto. Nadie hubiera pensado que era algo más de lo que era. Y ahora alguien ha muerto. Y ahora la policía quiere hablar conmigo otra vez. No puedo hacerlo. No puedo.

Dejo una respuesta en blanco. Paso a la siguiente. Continúo así como si la respuesta correcta fuera a venir a mí de esa manera.

A Jimmy le gustaba planear dónde y cuándo en más detalle de lo que los otros saben. Solo era una maniobra, les decía. No había intención de herir a nadie, sólo tácticas de patrulla. Los Estados Unidos estaban completando la construcción de una pared para mantenerlos fuera, compartía. Incluso nuestro país estaba esforzándose para encontrarlos y sacarlos, nos lo hizo saber.

Dijo que sólo necesitaba algunos hombres buenos. Así hablaba Jimmy. Le gustaba sonar como si ya estuviera en la milicia. Dos más dos siempre era igual a dos para Jimmy. Estaba tan seguro de quién era y de lo que tenía que hacer—me daba confianza. ¿Dónde estaría sin él? Después de que muriera mi madre fue el único que entendió que necesitaba que me escucharan.

Los números se escabullen lejos de mí.

Nadie pensó que algo como esto podría pasar. Todos querían estar allí con Jimmy. Nos veíamos antes y después de la fiesta, especialmente después. Y de repente, yo estaba en medio de todo aquello, y no en las orillas, porque yo era la chica de Jimmy.

Nadie pensó que los chicos de aquí pudieran hacer aquello por lo que los están acusando. Ni siquiera puedo ver las noticias locales. No puedo creer lo que dicen. Están hablando de otros chicos, no de nosotros. Suelto mi lápiz. Miro fijamente los garabatos y los tachones y los borrones en mi papel. Jake Kroll desliza su examen hacia la orilla de su escritorio como dándome la oportunidad de espiar sus respuestas. Pero no lo hago.

Nadie lo hubiera pensado. Pero yo sí. Yo lo sabía. Yo estuve allí. ¿No es así?

Levanto la cabeza; el salón está vacío. He sido la última en terminar. Mientras a rastras me dirijo al el frente del salón para entregar mi examen, me doy cuenta de las uñas del Sr. Lake que se las mordió   hasta la raíz. El me arrebata el examen y lo arroja en su escritorio como si estuviera infectado con alguna enfermedad. Me va a reprobar. Soy una estudiante de último año, no debería importarme.

Pero si me importa. Nunca he reprobado ningún examen antes en mi vida. "¿Srta. Thompson?", dice, poniéndose entre la puerta y yo. "Necesito hablar con usted".

Me congelo.

"Sobre el cálculo" me dice con sus gentiles ojos marrones buscando los míos. "¿Qué es el cálculo?"

Eso no venía en el examen que acabo de entregar.

Se responde el mismo. "Es la exploración de dos ideas, la derivativa y la integral. Es un análisis del movimiento".

Miro al suelo fijamente. Repito lo que dijo alguna vez antes en un torneo de Matletismo. Me sorprende tanto como a él recordar sus palabras. "El cálculo es una estructura matemática que yace en el centro de un mundo de ideas que parecieran no tener nada que ver la una con la otra".

"Exactamente. Sabía que tú no podías haber perdido la cabeza estos últimos meses. Así que aplícalo a la vida. Mi vida. La tuya. Alguien ha sido avergonzado. Insultado. Golpeado. Incluso, asesinado" Se acerca y me habla con más rapidez . Su ojo izquierdo tiene un tic. Siempre lo tenía durante la última ronda de cualquier competición Matleta, cómo mandándonos señales. "No fuimos nosotros los que insultamos o tomamos el bat con nuestras manos, así que creemos que en la superficie, no tiene nada que ver con nosotros. Si entendemos el hermoso razonamiento de las ideas escondidas del cálculo tan bien como tú, ¿podemos realmente creer que lo que ha pasado no tiene nada que ver con nosotros?"

"Tal vez el mundo no es racional" susurro y me apresuro a salir del salón y pasar al concurrido pasillo.

Trato de evitar a la directora.

Quiero correr. Retrocedo hasta topar con pared y la Sra. Plotinsky se para frente a mí. "Srta. Thompson" anuncia más que dice. La multitud se abre ante nosotros. Lleva puesto su usual traje de pantalones negros y grueso collar que seguro ha sacado de un closet lleno de pantalones negros y collares gruesos. Tiene una forma de inclinar la cabeza de lado para mirarte sin realmente verte. Espero que diga algo más sobre Jimmy o el sábado pasado o algún otro sermón. El septiembre pasado, me hizo ir a su oficina con una pared llena de fotos de héroes de la escuela, fotos de eventos escolares aleatorios y me dijo que quería ofrecerme la "ayuda" de ella y la de la escuela. Me animó a hablar con el psicólogo de la escuela o el trabajador social. No hablé con ninguno de los dos.

Espero que diga algo así ahora, que me ofrezca hablar con ella, o el psicólogo o el trabajador social. Tal vez quiera que mi padre se nos una otra vez. Tendrá que decir de nuevo que no podrá llegar, que está trabajando. Decido decirle que no tengo razón para verme con o hablar o confesar nada a nadie, incluso aunque debe de saber como todo el mundo que soy la chica de Jimmy. Aunque, de alguna manera, pensé que la escuela armaría algún tipo de revuelo después del incidente, quiero decir, tener una asamblea o un programa después de clases, o aunque sea, un anuncio de que hay consejeros disponibles si alguien quería hablar. Pero se siente más como si estuviera en una especie de confinamiento. *Todos lo saben, nadie habla.*

En frente de mí, la directora ofrece una tensa sonrisa al aire sobre mi cabeza.

Voy a tener que decirle otra vez que no necesito ayuda.

El Sr. Lake corre hacia nosotros, sus brazos llenos de exámenes. Pienso que nos detendrá, me urgirá a hablar enfrente de la directora.

"Mantengámonos concentradas en la escuela, ¿de acuerdo, Miss Thompson? Quedan tres semanas para la graduación y luego será libre" me dice de la misma manera como anuncia el día y el clima por los altavoces. "Debe de estar emocionada. Sé que yo lo estoy" continua, ladeando su cabeza hacia el Sr. Lake. Él le mantiene la mirada un momento antes de apartarla, su ojo izquierdo exhibiendo tics mientras sacude los papeles cómo ofreciendo una excusa para no detenerse.

"Bueno, Srta. Thompson" dice, sin dejarme ir aún, no hasta haber mencionado algo sobre Jimmy, o algo así. Parece que sólo quiere irse. Ladea su cabeza de izquierda a derecha, su collar tintineando sobre su pecho y se aferra de repente a un estudiante de nuevo ingreso que está en el equipo de béisbol. El chico había estado vagando sobre el pasillo y ella le hace saber que el domingo estará presente en las gradas, echándole porras a él y al equipo. Vamos equipo.

Ninguno de ellos sabe nada de nada. La directora está trabajando de cerca con la policía o al menos esa es la teoría de Lisa Marie.

No le estoy hablando a nadie más que a mí misma. Me estoy diciendo: estoy aquí; estoy en el ala oeste de la escuela. Estoy corriendo por los pasillos —y me detengo en frente del estante de premios deportivos. La cara de Jimmy no está en la foto de premiación al Atleta Académico. Me acerco presionando mi rostro contra el vidrio. Lo único que quieren es que Jimmy desaparezca. ¿Quién tomó la foto? Desearía poder verlo. Se me rompe el corazón. ¿Qué no ya saben todos que se me está rompiendo el corazón?

Evito a Lisa Marie. Me voy antes del lunch porque sé que ella estará allí esperando para "ayudarme". Es el día cuando sirven comida orgánica vegetariana. La escuela entera huele a tomates hervidos y cebollas. Me escabullo por las puertas de la cafetería, paso a los chicos que engullen dulces y refrigerios de la máquina expendedora. Si me hago chiquita nadie me verá.

Me apresuro hacia la puerta lateral. Gino, el guardia, me guiña un ojo. Soy una estudiante de último año, puedo salir a la hora de lunch. Pregunta, "¿Cómo está nuestro muchacho?"

Me congelo. Se refiere a Jimmy. Debe de haber sabido sobre las excursiones dedicadas a cazar frijoleros también. Si él lo sabe, todos lo saben. Me precipitó a cruzar la puerta. Gino jamás había coqueteado conmigo antes. No lo entiendo.

El estacionamiento de la escuela. Los campos de béisbol. Las brillantes gradas vacías. El marcador electrónico pone anuncios: juego el sábado a la una. Todos son bienvenidos.

Excepto Jimmy.

Blanco y azul, los colores de la escuela, corren de un lado a otro en los interminables campos verdes. Veo a Sean recostado sobre la cerca que está al lado de los campos de atletismo y él me ve a mí.

Me pregunto qué será lo que piensa, libre bajo fianza, lo suficientemente joven como para entrar a la correccional, su mejor amigo enfrentando lo que está enfrentando. No puedo decirlo aún. Si de algún modo digo *Jimmy* y *asesinato* en la misma oración, será verdad.

Sean me dice hola con la mano y me lanza una de sus bobas sonrisas —la misma que tiene en la foto de nuestra primera clase, excepto que entonces le faltaban los dos dientes frontales. El entrenador debe de haber organizado una sesión de entrenamiento extra para ellos, que seguro necesitaban con Jimmy fuera del juego. Viene trotando hacia mí, en sus shorts y una camiseta de la escuela. Es demasiado doloroso, me recuerda a Jimmy, de como me gustaba verlo trotar por todo alrededor del campo. Me subo a mi carro. Al final del estacionamiento, piso los frenos con mucha fuerza, me detengo de un tirón. Me fijo demasiadas veces por si se acercara el tráfico, que jamás aparece. Miró hacia atrás. Sean se ha detenido a la mitad del estacionamiento, aparentando estar perdido. Nadie más me ha seguido. A nadie le importa realmente. Podría ir a cualquier lado, a la playa o a mi casa. Doy vuelta a la izquierda, me dirijo al sur, a dónde debo ir.

Tommy Thompson

HAGO LO QUE TENGO que hacer.

Trabajo solo un turno. Miren, tal vez no sea el tipo más brillante, pero sé lo que he estado haciendo. El hecho de que yo trabaje todo el tiempo ha estado destruyendo a mi pequeña. La puso en los brazos de ese chico.

Me siento con energías por mi decisión de ir a casa a ver a mi hija. Vamos a salir a cenar hoy. Sólo ella y yo.

Por supuesto, la L.I.E. está abarrotada de tráfico en una noche de viernes de junio. Desde Queens, el tráfico avanza tan despacio que bien podría ser un estacionamiento gigante. Un trayecto de media hora, que tal vez sean como veinte millas, ahora me está tomando una hora y se sigue alargando. Camiones y carros y abuelas que no deberían estar conduciendo en la L.I.E. a ninguna hora saturan la carretera.

Siento celos del carril de vehículos ocupado por más de dos pasajeros, de esos carros de esposos y esposas y otras parejas. Y aun así ese carril no está yendo mucho más rápido que el mío. Miren, al menos me estoy acercando a casa. Lo siento, cómo una paloma mensajera, más que lo veo. Me meto enfrente de un pobre desgraciado. Estoy sudando como un cerdo. Abro todas las ventanas. Es primavera, ¿no es así? Pero todo lo que puedo oler son mis axilas, esmog del tráiler-tractor que va delante de mí y cerveza vieja de las latas vacías en el asiento trasero. Lo que huelo es la sordidez de mi vida, la podredumbre.

Toco el claxon. ¿Qué es lo que nos está deteniendo tanto?

Cuando el tráfico acelera, yo acelero aún más, pegándome al coche delante de mí. Derrapo sobre el arcén y zigzagueo entre los coches que bajan la velocidad para ver boquiabiertos un accidente en los carriles que se dirigen al oeste. ¿Quién es esta gente? ¿Idiotas? ¿Qué no se dan cuenta de que debo llegar a casa con mi pequeña? Ni siquiera estoy seguro de saber a qué hora sale de la escuela. ¿A las dos? ¿Tres y quince? Solía tener muchas actividades extraescolares. El año pasado incluso estuvo en el equipo de matemáticas que llegó a todas las finales. No es que a nadie en este pueblo le importe el equipo de matemáticas. Miren, estaba orgulloso de ella. Su madre lo estaba aún más,

Cuando Skylar empezó a salir con Jimmy, él me caía bien. Pensé que era una influencia decente para ella. La sacó de su caparazón y todo después de la pérdida de su madre. Pero eso se acabó. Incluso si supera esto, no se volverá a acercar a mi hija.

Miren, ya lo he decidido. Vamos a vender la casa. Nos vamos a mudar de Long Island. He pensado en Durham, en Carolina del Norte. Si no quisiera ir a Boston College hay un montón de buenas escuelas en esa zona.

No que alguna vez haya estado allí. Nunca he podido viajar mucho. Incluso tomábamos nuestras vacaciones en el este, en Montauk, pero mi compañero del trabajo, Charlie, dice que Durham es un muy buen pueblo. Creció allí. Charlie piensa que voy a tener que vender este viejo carro si me voy a mudar a Carolina del Norte. Dice que debo conducir una camioneta por esos rumbos y me gusta la idea. Incluso la idea de estar detrás del volante de una me hace sentarme un poco más derecho en mi desgastado coche de cuatro puertas.

Debería invitar a Charlie y a su esposa a una carne asada antes de que termine el verano. Siempre está hablando de cómo ama el barbecue de Carolina, como si yo supiera la diferencia. A mí denme una hamburguesa de los Arcos Dorados, siempre le digo solo para molestarlo. Charlie es un buen tipo y un excelente paramédico.

Pero no creo que aceptaría mi invitación, aunque no es como que alguna vez lo haya invitado, incluso cuando Renee lo sugería. Ella era increíblemente amigable y sincera, siempre invitaba a gente a nuestra casa. Yo tuve que señalarle que él jamás nos había invitado a su casa. Al final, le tuve que decir: Charlie y yo trabajamos juntos bastante bien, hay que dejarlo así. Si atendió al funeral de Renee. Me sentí agradecido por ello. Y miren, su hija, Janice, es una abogado. Él dijo que podría hablar con ella sobre todo este meollo. Podría ser una buena idea tener una abogado negra. Voy a deberle a ese sujeto más de lo que ya le debo.

Me acomodo en nuestra entrada. Una hora y cuarenta y cinco minutos me ha tomado llegar a casa. Es un crimen, pero así es la L.I.E. Mientras me apresuro a salir del coche, sigo pensando en esta idea de vender la casa, comprar una camioneta, una roja, y mudarnos a Carolina del Norte. Eso es lo que significa América: la oportunidad de empezar de nuevo. Dejar el pasado atrás. Eso es América.

Debo decirle a Skylar sobre mi plan tan pronto como llegue a casa. La llamo, "¡Skylar! ¡Skylar! ¡Sky— nena!", aunque sé que no está en casa. Su carro no está aquí, pero me gusta llamar su nombre de todos modos. Siempre lo he hecho. Me recuerda que hay posibilidades.

Dejo de gritar cuando llego a la cocina. Los platos del desayuno y de la cena, de la noche anterior, o la noche antes de ella, ocupan toda la mesa. Los aparto con un ruidoso gesto de la mano. Voy a limpiar todo este lugar, dejarlo listo para vender.

Abro todas las ventanas. Vamos a empezar a ventilar.

¿Cómo me perdí de esto?

Bajo las ventanas de la sala hay una maceta de flores muertas. Nadie recordó plantar retoños de flores el otoño pasado. Nadie fue a la Central de Jardín a comprar bandejas colmadas de flores.

Mis rodillas se doblan un poco. Renee y yo amábamos plantar cosas juntos incluso si yo me quejaba todo el rato sobre el trabajo extra. Pero ya basta. Debo ser pura acción en estos momentos. Podemos añadir a la lista de cosas por hacer el ir a comprar algunas petunias. La venta de una casa se trata de presentar una apariencia atractiva. No puedo quedarme dormido en mi silla esta noche incluso si los Mets juegan contra los Yankees. Alcanzo a oler mis axilas y pienso: ducha, antes de que Skylar llegue a casa, antes de empezar a planear nuestra nueva vida.

Lisa Marie Murano

Se ha corrido la voz.

Todos debemos de encontrarnos en Dunkin' Donuts a las ocho en punto. Es más temprano de lo normal y es viernes en vez de sábado. A Skylar y Sean ahora los están animando específicamente, aunque aún voluntariamente, a ir a la estación de policía el lunes antes de cualquier otra cosa para que sean interrogados un poco más.

Y el otro asunto es Jimmy. Obviamente, lo tienen detenido en contra de su voluntad. Solo porque su padre no puede pagar la fianza. Decido preguntarle a mi madre que opina sobre reunir fondos para pagarla, ya que siempre ha sido la reina de la colecta de dinero para la asociación de padres: ventas de masa para galletas y de envolturas para regalo para toda ocasión. Entro a su dominio. Su guarida. Todo blanco, paredes brillantes y completamente blancas, muebles blancos, alfombra blanca. Mi madre está obsesionada con la casa, pero especialmente con su habitación. Le gusta decir que vive en las nubes, por encima de todo. Me saco mis sandalias antes de entrar a su mundo, le doy un breve abrazo rápido. Ella lo termina aún más rápido, volviendo a dejarse caer en su sofá blanco. "Jimmy Seeger no es una causa", dice ella, después de haberle presentado mi caso. "Lo han enviado por andar por mal camino. Desearía conocer a su familia un poco mejor. Deben de tener problemas". Problemas es la frase que mi madre usa cuando se refiere a algo que "no es su problema".

"Si yo estuviera en la cárcel, mamá, ¿pagarías la fianza?"

"Si tú estuvieras en la cárcel, yo estaría en la tumba, así que no tendría que preocuparme".

"¡Nadie en esta familia va a pagar la fianza de nadie!", grita mi padre desde el baño del piso de arriba.

"No tendré una conversación contigo mientras estás sentado en el trono", grita mi madre. A su lado está su bebida, un martini, que prueba con la punta de la lengua. Le ha dado por beber martinis de vodka, como si de alguna manera fueran mejores. "Espero que este vodka no esté rebajado con agua, ángel", dice, lanzándome una mirada. "Oh, ya lo sé, es conveniente para nosotros decirnos pequeñas mentiras blancas. Mantienen a nuestras vidas, nuestro pueblo, funcionando sin problemas.

"Mamá. Voy a salir. Al Dunkin' Donuts. Con todos los demás. No a un bar".

Me estudia de arriba a abajo.

"¿Qué pasó esa noche?", mi padre me llama desde el baño. "¿Dónde dices que estabas?" Jala la palanca del inodoro.

"Estaba cruzando la calle en la casa de Skylar", le contesto.

"¿allí estuviste toda la noche?"

"Mamá, ¿me tiene que interrogar alguien que está en la taza del baño?"

"Mira, prueba esto, ángel. Solo un sorbito".

"No me gustan los martinis".

"¿Cómo sabes si no los has probado?" Y mi madre suelta una risita. "Suena como si estuviera tratando de que te comieras tus zanahorias. Oh, bueno. Nunca te comiste tus zanahorias y saliste bastante bien. ¿O es que tal vez ya los has probado?" Suspira, "Salud por nuestro pueblo".

Mi padre trota dentro de la habitación, acomodado en su pijama rosada. "Tengo que decirte —tengo noticias sobre Jimmy y su familia".

Mi madre le ofrece un trago. Él con la mano le dice que no. Ella agrega más aceitunas a su vaso. De repente me da sed, pero necesito estar concentrada hasta que haya terminado este asunto.

Me he abstenido de tomar cualquier sustancia que pueda alterar mi mente hasta que Jimmy sea libre.

Mi padre sonríe. "Quieres saber sobre la familia de Jimmy Seeger. Un amigo mío me pasó todo el chisme sobre ellos".

"¿Qué amigo?", pregunto yo. Mi padre no tiene amigos.

"Un amigo que está muy bien informado". Y como le gusta hacer drama cuando mi madre y yo le prestamos atención, nos hace esperar, girando el anillo en su dedo meñique mientras se detiene a servirse una bebida: solo un agua mineral con lima. Suele preferir estar sobrio en la comida. Luego me arroja un agua embotellada, como si supiera que yo también debo de tener sed.

Finalmente, comienza, "Bueno. Este amigo los conoce de Montauk. Sabe que Jimmy tiene la reputación de causar problemas. No es la primera vez que lo han arrastrado. Aparentemente, la policía local se lo llevó como hace un año. Lo cacharon graffiteando, cosas feas, esvásticas, en los coches de algunos vecindarios de clase alta. Su padre intentó convencer al juez con el argumento de que él fue un héroe durante el incidente del 11 de septiembre y esto y aquello y que dejara ir a su hijo. Pero mi amigo investigó un poco sobre él. Parece que el señor James Seeger estuvo allí en la limpieza del miércoles después de ese día fatídico, el 12 de septiembre del 2001. Pero después de eso desapareció por un mes. Su familia pensó que algo le había pasado en conexión con el desastre. Fueron días terribles. Algo que le había pasado".

"No nos dejes en suspenso", murmura mi madre, sacudiendo su bebida con un vigor que no presta a muchas otras actividades, excepto reunir dinero para la Asociación de Padres y asegurarse de que no haya color alguno en nuestra casa.

"Chécate esto. Claro, desapareció. Estaba malgastando su dinero en Atlanta. Oh, sí que se desapareció. Dentro de los casinos. Pero todavía está sacándole dinero al gobierno basándose en su discapacidad debido a su sacrificio. ¿Lo pueden creer?"

"¡Qué gente!", dice mi madre, su respuesta usual a cualquier cosa impactante que diga mi padre. "Crees que los conoces a ellos o a sus familias, pero en realidad no sabes nada".

Mi padre se voltea para verme. "¿Alguna vez escuchaste a Jimmy decir algo hiriente contra alguien en la escuela?"

"Nunca", respondo, mientras pienso que "frijoleros" puede tener más de un significado.

Mi padre me asedia mientras yo bebo su agua embotellada. "Quiero que me digas otra vez que estuviste con Skylar en su casa toda la noche". "Allí estuve. Tienes que creerme", digo, mi voz temblorosa. Y realmente lo digo en serio: tiene que creerme. Debo de ser capaz de convencer a mi padre para poder convencer a otros.

"No sé lo que pasó esa noche y ni tampoco me importa. Solo me importas tú. Van a declarar culpable de asesinato a tu amigo Jimmy y lo único que podría salvar a ese idiota de Mayer es que es menor de edad. De ahora en adelante no quiero que mi familia se vea involucrada en esto de ninguna manera. ¿Lo entiendes? No van a hacer ningún alboroto diciendo que "liberen a Jimmy Seeger". No habrá ningún plan de visitarlo o de estar presente en ninguna audiencia o tribunal a menos de que si debas ir y entonces iré contigo para asegurarme de que no digas nada". A mi padre le encanta dar sermones.

"Acabo de recordar algo también", me dice mi mamá, como si estuviera tratando de congraciarse con mi padre. "Ella llegó a casa antes de medianoche".

No es cierto.

"Yo estaba despierta. Tuve insomnio esa noche. Lisa Marie ya estaba aquí metida en la cama".

"Vamos todos a contar esa historia. ¿Entendido?"

Mi padre le lanza una mirada a mi madre. Ella asiente y le sonríe de manera coqueta. Él no lo puede evitar: le regresa la sonrisa juguetona. Van a estar muy contentos cuando me vaya a la universidad el año que entra.

"¿A dónde te vas esta noche?", dice, sosteniéndome un momento, aunque me quieren fuera de la casa.

"Será una noche aburrida. Nadie tiene ganas de hacer nada divertido". Esa es la verdad. "No es así como debería terminar tu segundo año", dice mi padre, de forma más suave.

Mi madre se endereza, de la forma como lo hace siempre que está a la mitad de beberse "una copa más". "Espera un segundo. ¿No debería haber algún tipo de consecuencias? Tal vez deberíamos hablar de ello un poco más, ¿como familia? ¿Tener una reunión familiar? Un joven ha muerto. ¿Y qué es lo que quiero decir con eso? Que un joven ha muerto. Asesinado por nuestro pueblo".

Mi padre sacude la cabeza. "¿De qué estás hablando, Virginia? No pasó aquí. Pasó más bien por la carretera".

Mi madre se limpia la saliva o el vodka de sus inflamados labios, en un gesto que muestra que se rinde por ahora. Debe de haber estado bebiendo toda la tarde. Después de todo, es viernes.

"Tal vez tengas razón. Eran esos dos hermanos, caminando, los que se comportaron como incivilizados. ¿Incivilizados? ¿Cómo se atreven a pensar que le pueden pedir un aventón a nuestro pueblo?"

"Ginny, vamos, estás convirtiendo esto en el fin del mundo en lugar de lo que es, solo un incidente de niños", le dice mi padre, restándole importancia, esforzándose por distraerla de mí. "No tenemos nada que ver con eso. Es algo que no nos incumbe. Y no creo que sea el fin del mundo. Todavía tenemos opciones. Incluso tú dijiste que estuvo en esa fiesta y que tu ángel llegó a casa antes de la medianoche".

"Mamá, estás confundida. ¿No es cierto, papá?"

Mi madre se levanta del sillón repentinamente. "No me mientas. Miéntele a todo el mundo, ángel. Pero a mí, no. Ahora dime, por última vez, ¿tuviste algo que ver con la muerte de ese joven? ¿Cualquier cosa?"

"¿No?", mi madre me imita, poniéndose demasiado cerca de mí, tambaleándose. Tiene toda su atención puesta en mí, pero yo he terminado. Es todo lo que tengo que decir y me doy cuenta de que no tiene forma de contestarme o ningún plan para lo que hay que hacer a continuación. He ganado.

"No es no", mi padre se entromete. "¿Qué otra opción tenemos, Ginny, más que creerle a nuestra hija?" Suspira, agachándose para hurgar en el gabinete del licor. Para suerte de ella y mía, abre una nueva botella de vodka y empieza a prepararse un Martini. "No nos incumbe, Ginny", le repite.

Mi madre rodea y presiona la cintura de mi padre con sus brazos. Él le besa el cuello. Ella entierra su rostro en el rosa de su elegante pijama.

Sáquenme de aquí.

Mientras salgo corriendo fuera de mi casa, veo al Sr. Thompson de rodillas. Está escarbando la tierra cerca de la casa. Todo el patio está lleno de hoyos y está muerto. Está usando una cuchara o sus manos. Parece un perro callejero que rasca la tierra con sus patas delanteras. Está de espaldas a mí, así que no tengo que saludarlo con la mano.

Me pregunto dónde estará Skylar. Su coche no está por ningún lado. Tal vez ya esté en camino a Dunkin' Donuts, pero casi siempre me espera y su coche sigue al mío. Podríamos compartir un coche o incluso caminar, pero nadie lo hace.

Ahora el Sr. Thompson se ha acostado en la tierra boca abajo, pero se mueve.

Necesito a mis amigos.

En el Dunkin' Donuts nos acomodamos a lo largo de la parte de atrás del estacionamiento. Los árboles nos lanzan sombras sobre nuestros coches como una sábana. Nos acercamos para estar cerca unos de otros. Todos están aquí, excepto Skylar, que salió temprano de la escuela. Sé que me ha estado evitando. La llamo, le escribo y nada.

Como siempre, Benny nos ha traído donas. Esta vez ha recordado las favoritas de Sean: chocolate – con chispas de colores, las mismas de cuando era niño. Sean hurga en la caja antes de que Benny pueda al menos ponerlas sobre el techo de uno de los coches. Bromeando, se embarra la cara de chocolate y le aúlla a la luna. Todos se ríen, excepto yo. Hace la moción de arañar mi brazo, suelta pequeños ladridos en mi oído, intentando que también yo me ría. Pero no lo hago.

"¿Qué rayos te pasa? ¿Estás drogado?", bufo me burlo, mientras me alejo de él hacia las sombras.

"No".

"¿Qué te pasa?"

"¿Qué opinas de dejarme acompañarte en tu Cámaro?"

"¿Necesitas un aventón a algún lado?", pregunto para pretender que no sé qué se refiere a otra cosa que no tengo intención de hacer. De cualquier modo, es tan patético que se niegue a conducir estos últimos días. Quiero decir, ya sé que es lo que cualquier psicólogo en la televisión llamaría una experiencia traumática. Tal vez le dé un aventón hoy, pero eso es todo. Él no es Jimmy. No habrá mamada para él. "¿Me puedes decir que pasa, Sean?"

"Todo está de maravilla, ¿o no, Lisa Marie?"

"Límpiate la cara. Tenemos mucho de qué hablar. No todo se trata de ti, Sean".

"¿De quién, entonces? ¿De ti? ¿O de todos nosotros?", lo dice con una mirada de tonto en su grasosa cara.

"¿Quieres irte a casa? ¿Te sentirías mejor?"

Como un niño pequeño, se limpia con el dorso de la mano.

"¿Qué más puedo hacer por ti, Sean? Si tuvieras algún lugar a donde ir, te prestaría mi coche, aunque a mi padre no le gusta que lo haga", le contesto añadiendo una pequeña mentira. Nadie conduce el Cámaro de Lisa Marie más que Lisa Marie.

"No hay ningún lugar a donde deba ir", susurra mientras se va refunfuñando a dónde están Jake Kroll y los otros. El caso es que Sean debió de ser más listo esa noche. Debió apegarse — a Jimmy — y al plan. Insultarlos, aventarles un bat de béisbol viejo o una roca, asustarlos, hacerlos correr. Lo he repasado todo en mi cabeza. La idea de Jimmy de cazar frijoleros, como máximo una actividad semanal, no es algo que sucediera todos los días, no era algo peor que muchas de las cosas que suceden por aquí.

Todo lo que Sean quería hacer era emborracharse, drogarse y estar con Jimmy. Quiero decir, sé que algo salió mal esa noche. No soy tonta.

Camino hacia él con la caja de donas como si se tratara de una ofrenda. "¿Tal vez debas comer otra dona?"

Dice que le ha perdido el gusto a las donas. Miente muy mal. Le recuerdan a Jimmy y a mí también.

"¿Tal vez una te haría sentir mejor?"

"¿No te das cuenta de que esto me está carcomiendo por dentro, Lisa Marie?"

Ahora intenta arrancarse el chocolate de la cara y solo lo empeora. Se ve mugriento, mezclado con saliva o lágrimas.

"Hablemos", digo en voz baja, deseando que se enderezara; está todo encorvado. "Es la única manera en la que vamos a saber qué hacer y cómo ayudarnos mutuamente".

Se me queda viendo como si no tuviera idea de lo que estoy hablando. Pero si Jimmy estuviera aquí tendríamos un plan. Todo lo que hacíamos juntos era más emocionante con él. Lo llamaba su "plan de acción". Me encantaba cómo Jimmy se portaba tan seguro. Los observo. Casi todos estamos aquí, excepto Skylar. Todos miramos al este, mirando según los últimos rayos de luz nos dejan. Estamos sentados en nuestros coches o recargados en los parachoques y sentimos la pérdida, la sensación de que este es el final.

Finalmente, les digo a todos, "Debemos de hacer algo, algo para apoyar a Jimmy y a todos los demás. Algo en el juego de béisbol este domingo".

Todos se voltean hacia mí para escucharme, excepto por Sean. Sean sale de las sombras y me grita, "¿Qué? ¿En qué rayos estás pensando?"

Me enfrento a él sin miedo. "Sean", digo con extra paciencia porque ha tenido la actitud equivocada toda la noche y creo que lo puedo convencer con esto, "He estado pensando mucho en esto — ¿Lo que pasó es mucho más diferente de esas peleas extremas que tanto te gustan? ¿O de qué uno se asegure de que esos chicos de esas villas de apartamentos no estuvieran jugando en nuestras canchas de futbol?"

"Tenía doce años. Los empujamos. Nos empujaron. Ponchamos su balón con una navaja de los Boy Scouts. Eso es distinto".

"¿Lo es? Yo no lo creo".

"Sí es diferente". Jimmy jamás me hablaría a mí, o a ninguna otra persona, de esa forma. "Esos dos hermanos no aceptaron una pelea con nosotros. No fue un enfrentamiento, para nada. No sé lo que fue. No me hagas caso, no sé nada—"

"Cállate, Sean. Si lo ves desde mi perspectiva, tal vez te ayudaría. No lo estás viendo desde la perspectiva correcta".

Me da la espalda cuando sólo intento consolarlo. No lo puedo creer, es tan frustrante. "Creo que deberíamos concentrarnos en el domingo y lo que podemos hacer por Jimmy ese día", les digo a todos.

Una voz en las sombras interviene. "La escuela no va a dejarnos hacer nada. No es un rally para un niño con cáncer. Sabemos lo que Jimmy y todos los demás hacían, ¿o no?", dice Jake, que no tiene nada más que decir *hoy más que eso.*

Alguien grita, "Solo estás celoso de no haber sido invitado a participar, Kroll".

"Si estaba en la lista de Jimmy", Jake le responde bruscamente. "Pero solo me pregunto, ¿nadie más se ha puesto a pensar porque ninguno de nosotros lo pensó dos veces?"

"No", la voz responde con una carcajada y otros se le suman. "Eres el único confundido". Más risas se suman en las sombras y todo el equipo de béisbol, excepto Sean, arroja a Jake al basurero, mientras le gritan, "Cobarde" y lo avientan, sujetándolo de las piernas a la basura llena de donas viejas y cafés a medio beber.

Debo de atraer la atención de todos de nuevo hacia mí, aunque la imagen de Jake Kroll saliendo fuera de la basura es hilarante. "No será algo oficial", continuó diciendo con urgencia. "Algo que solo nosotros sepamos qué haremos durante el juego de béisbol.

Desplegar un cartel, ¿tal vez una bandera, con su nombre en ella? Algo con significado. Algo que muestre nuestro verdadero espíritu de equipo. Nada irrespetuoso. ¿Tal vez podríamos decir "Jimmy" en vez de solo gritar cuando ponchen a alguien en el equipo contrario? Eso podría ser divertido. De todos modos, lo que necesitamos es un plan de acción".

Un murmullo se levanta entre la multitud. A todos les gusta tener un plan de acción. Y ahora Skylar aparece.

Tommy Thompson

Así QUE estoy plantando petunias.

Fui al Centro de Jardinería y el lugar apestaba a mierda, como siempre, y compré un carro lleno de petunias. Traté de recordar los otros tipos de plantas que nos gustaban. No pude. Pensé que Skylar ya estaría en casa para plantarlas en el jardín conmigo. Estoy arrodillado aquí delante de la casa escarbando. Ni siquiera he sacado las flores del coche todavía. Están esperando en el asiento trasero como niñas. Incluso les he dejado la ventana abierta.

En realidad estoy más bien tendido en el suelo. Boca abajo. Me he rendido ante las zanjas. No pude encontrar ninguna de las herramientas de jardín de Renee. Rascaba el suelo con las manos porque no podía encontrar la herramienta adecuada. Cuando Renee trabajaba en el jardín, siempre se ponía guantes especiales. Cuando murió, empaqueté muchas de sus cosas y las metí en uno de esos almacenes de alquiler. Pensé que era algo que nos ayudaría a Skylar y a mí. Es probable que las herramientas estén allí guardadas.

Un olor a raíz fresca me fortalece. Los brotes están saliendo. Tal vez un poco de hierba o un bulbo ha vuelto a la vida. Debería de regar. La tierra flota por toda mi cabeza. Me volteo y quedo boca arriba. Bajo mi cabeza la tierra que he removido es blanda. Terminaré de plantar por la mañana. Quizá Skylar me ayude. Levanto la vista y le doy las gracias a Renee por nuestra hija. Digo su nombre. Siempre lo hago.

James Seeger, Sr.
PAPÁ DE JIMMY

ESTO ME ESTÁ MATANDO: ver a Jimmy en la cárcel y no tener dinero para pagar la fianza. Pero nunca hemos sido como las otras familias, le digo a Jimmy. Somos especiales. Sabemos quiénes somos. Pero me está matando verlo allí. Me mata.

Estoy en el sótano, de rodillas, sobre esta sucia alfombra marrón que apesta a moho y podredumbre, frente a esta chimenea destartalada, arreglando cosas. Mi esposa es lo suficientemente inteligente como para dejarme solo. Todo el día me suplicó que le pidiera a su madre el dinero de la fianza.

Decía que esa era la única forma de que su tacaña madre cediera. Siempre pensó que era mejor que yo. Siempre estaba recordándome que su familia estaba un par de barcos por detrás del Mayflower. No iba a pedirle dinero en absoluto. Pero lo hice. Mi suegra, que me odia a muerte, me llamó farsante mientras me daba el dinero para el abogado de su nieto. Solo para el abogado. De ninguna manera iba a poner su propiedad para la fianza. Ha estado en su familia demasiado tiempo como para arriesgarla por su único nieto. Idiota. No puedo pedirle nada más a esa mujer. De ninguna manera.

Tengo que hacer el trabajo sucio. Siempre lo hago. Pero haría cualquier cosa por mi hijo. Cualquier cosa. Alquilé una trituradora de madera en la ferretería. No le dije al tonto detrás del mostrador para qué era. Si alguien preguntaba, iba a decir que fue para hacer arriates de flores. Pero ese tonto me entretuvo, me pidió dos tipos de identificación y un depósito. Moviéndose en cámara lenta detrás del mostrador. Cuando finalmente obtuve la trituradora de madera, estaba tan enojado que podría haberle partido la cara. Pero tenía trabajo que hacer.

El bate, el mejor bate de Jimmy, el Louisville Slugger de gama alta, el que le compré para que bateara jonrones, estaba justo donde lo había enterrado en el patio trasero después de sacarlo de ese contenedor de basura. Estaba cubierto de sangre y mechones de pelo e incluso un trozo de cuero cabelludo, creo. Qué desperdicio. De todos modos, ¿crees que el entrenador Martínez iba a dejar que mi hijo jugara como cuarto al bate?

¿Qué importa eso ahora? Las ligas mayores están conformadas por jugadores que solo hablan español o japonés. Jimmy nunca tuvo una oportunidad. Una cosa de la que me alegro es que no usara un bate de metal. ¿Qué habría hecho yo con eso?

Corto este hermoso trozo de madera en un millón de pedazos, cada pedacito, los recojo todos con sumo cuidado y los quemo en la chimenea. Recojo las cenizas. Durante todo el invierno, mi mujer me ha insistido en que encendiera el fuego y ahora está en la iglesia de rodillas rezando. Por suerte para mí, se llevó a nuestro hijo menor. El condenado niño va a todas partes con ella. Es niño de mami. Tengo que cambiar eso.

Pongo las cenizas en un cubo de basura y las echo en el inodoro, jalo la cadena. Estoy de rodillas en este maldito azulejo rosa y verde como si estuviera enfermo o borracho. No estoy ni lo uno ni lo otro. Me duele el corazón. Mi hijo está entre rejas, ¿por qué?

Por luchar por América.

Se está llevando la peor parte en esto. Así que el hermano podría identificarlo y decir que él estuvo allí esa noche. Es su testigo ocular, un mexicano de diecisiete años que abandonó la escuela. Nuestro abogado descubrió que el hermano tenía un número de Seguridad Social falso. Es un rufián. Un canalla. Con el afán de quitarle el trabajo a trabajadores americanos como yo.

Jalo de nuevo la cadena. Limpio todo alrededor del inodoro. Y las drogas. No te olvides de las drogas. Esta es la mejor parte. El abogado dijo que encontraron dos bolsas de marihuana en su bolsa del gimnasio. Tampoco era un ángel. Probablemente, algún tipo de pandillero metido en quién sabe qué.

Me está matando. Ese mexicano murió. ¿Por qué demonios tenía que morir? Ahora quieren acusar a mi hijo de asesinato y crímenes de odio. Mi hijo dice que él no mató a ese condenado mexicano. No me importa si dice que es de El Salvador, es lo mismo, Jimmy no mató a nadie. Tal vez fue el otro chico, el tonto de Sean Mayer con su madre gorda, que dice ser la presidenta de la Junta de Educación y su padre afeminado. Jimmy no mató a nadie. Y no me hagan hablar de crímenes de odio. ¿Qué demonios es eso? ¿Se supone que debemos amar a todos? Seamos realistas. Tal vez mi hijo los persiguió. ¿Pero qué no esta gente ha invadido literalmente nuestro país?

Jimmy no mató. No mi hijo. Tal vez Jimmy tuvo que golpearlo. Una vez. Tal vez esos dos hermanos lo molestaban. Mi hijo no mató a nadie. No el chico que eduqué para golpear sobre 400. Fue en defensa propia. Tal vez uno de esos tipos tenía un arma. Estaban pidiendo aventón, ¿qué no? ¿Qué clase de gente pide aventón hoy en día? Por aquí, solo esa clase. Fue en defensa propia, eso es lo que dijo el abogado hoy. Mi hijo se estaba defendiendo a sí mismo, a Sean y a nuestro país, añadiría yo. Deberían darle una medalla.

Jalo la cadena otra vez. Armas. Drogas. Pandillas. Hacen lo que les da la gana. Se cuelan por la frontera, prácticamente invaden nuestro país. Nadie los detiene. ¿No es el principal trabajo del gobierno proteger a su pueblo?

Esto es lo que ocurre cuando los estadounidenses se ven obligados a hacer justicia con sus propias manos. Me enderezo. Vuelvo a jalar la cadena. Tal vez debería ir a Atlantic City. La vida me debe un poco de suerte después de todo esto.

Al menos Jimmy fue lo bastante listo como para esconder el bate en aquel contenedor de basura detrás del Dunkin' Donuts y para decirme exactamente dónde encontrarlo. Haría cualquier cosa por mi hijo. Cualquier cosa. Incluso meterme en un apestoso contenedor de basura.

Pero tengo que admitirlo. Estoy preocupado. Jimmy dijo que vio a su noviecita siguiéndolo esa noche. Sé, por qué le gusta esa chica, Skylar. Es como su madre. Es inteligente para los libros, pero no en la calle. Demasiado necesitada, le dije después de conocerla, vestida toda de negro, como una punk y pegada detrás de mi hijo. Concedo que tiene cierto atractivo. Esos ojos verdes. Y esas piernas, como las de una cigüeña. No puede volar. Pero si yo fuera él habría saltado sobre la amiga, la que siempre va de rosa intenso.

Jimmy es fuerte. Estará bien en la cárcel del condado. Lo único que le dije fue que siguiera hablándole bonito a su novia. Casi desearía que la hubiera dejado embarazada. Una chica con un hijo nunca entregaría al padre. Pero él me dice que ella está con el plan. Jimmy también está seguro de que Sean lo está, muerto de miedo de no estarlo. Si no, los cuelgan a todos juntos. No literalmente, por supuesto. Ya no ahorcan a nadie.

Quiero asegurarme de que mi hijo obtenga justicia, eso es todo.

Skylar Thompson

LLEGO AL LUGAR, tal vez solamente por hábito. Lisa Marie me llama o me escribe y yo voy a dónde está. Todo mundo que he estado evitando durante los dos últimos días me rodean en el estacionamiento del Dunkin' Donuts. Piensan que ya he visto a Jimmy, pero rápidamente les digo que lo veré el sábado, que no puedo esperar, que estaré ahí lo más temprano posible, que iré incluso si mi padre me matará. Mi padre no dijo eso, él jamás usaría "matar", pero todos saben a lo que me refiero y el punto es que veré a Jimmy. Se amontonan a mi alrededor. Una mano me da palmaditas en mi espalda. Todos aquí entienden lo difícil que es esto, que estoy haciendo todo lo que puedo hacer para apoyar a Jimmy, que no es justo que a todos nosotros nos echen la culpa de algo, y no sabemos qué o quiénes somos, tal vez, y que eso debería unirnos aún más, y lo hace. A tal punto que estoy empezando a sofocarme. Ni siquiera sé por qué estoy aquí.

Lisa Marie se da cuenta de que pasa algo. "¿Por qué tan callada? ¿Qué pasó con mi amiga que por meses no podía quedarse callada y no hablar de Jimmy?"

Me encojo de hombros. Cuento el número de autos. Empiezo a contar a las personas de dos en dos y luego de tres en tres. Decido que me gustan más en nones y los cuento de cinco en cinco. Todos me miran, esperando a que diga algo. "Solo pienso en verlo. Es lo único."

Lisa Marie me abraza. "¿Dónde has estado?"

"En ningún lado." No me atrevo a decirle a nadie, incluida Lisa

Marie, que regresé a ese lugar, a la tierra de nadie, que vi a Carlos Cortez otra vez. Que quise brincar y salirme de mi Mustang y correr a través del estacionamiento hacia él y pedirle que me perdonara y —no lo hice. Quiero decir, quería hacerlo. Estuve ahí, otra vez. Y también él. Y—

"Todos estábamos preocupados por ti, Skylar", Lisa Marie me dice. "¡No vuelvas a hacer eso! Desaparecer por horas. Ahora dime, ¿a dónde fuiste?."

Donas viejas brillan en una caja. Me como una, no he comido en todo el día. Chocolate. Me dan náuseas. "Creo que debería irme a casa."

"¿Deberíamos dejar que Skylar se vaya?", Lisa Marie le dice a la multitud. "Necesitamos decirle de nuestros planes para el domingo." Hay aullidos y sís y nos, y los grupos que había formado en mi mente se reacomodan en medio de las sombras.

"¿Qué planes hay?" Había estado pensando en ir a la vigilia de oración de mañana temprano. Escuché de ella en un anuncio en la radio. Había pensado que sería algo bueno, tal vez lo correcto. No es que yo ore mucho, no que yo vaya a la iglesia, salvo por la misa de medianoche de Noche Buena, porque todos van. Algunos, como Sean, fueron pachecos el año pasado. No es que alguien iría conmigo si se lo pidiera. Estoy segura de que Lisa Marie me aconsejaría que no fuera. Probablemente no lo haré.

"Creo que deberías ir a casa ahora y hablaremos en la mañana. Pero no creo que debas ir sola. Sean, ¿por qué no acompañas a Skylar, ya que tú no traes tu coche?" Lisa Marie ha tomado el control de mi vida, otra vez.

"¿No traes tu coche?", le pregunto a Sean.

Sean me lanza su más grande y tontorrona sonrisa. "Mi padre no me deja usarlo tras el '*incidente*'."

"Okay", le digo a Sean. "Pero estoy exhausta. Me tengo que ir"

Lisa Marie se interpone entre yo y el carro. Aferrándose a mi brazo, me guía hacia las sombras, lejos de los autos, lejos de la multitud. Quiero correr.

"Solo me quiero asegurar otra vez, por milésima vez, que tú y yo estamos juntas en esto. Estuve en tu casa el sábado pasado, ¿verdad?

Esta es Lisa Marie, quien se obsesionó con su vestido de graduación, con la limusina, con la fiesta que haríamos en la playa después de la fiesta. Espero que nadie espere que vaya a nada de eso aún.

"¿Verdad, Skylar?"

Asiento con la cabeza. Esto es verdad, más o menos. Los cuatro de nosotros—yo, Lisa Marie, Sean y Jimmy— fuimos allí después de estar en Dunkin' Donuts. Jimmy y Sean nos siguieron de regreso a mi casa. Nadie entró excepto yo, por un segundo, para conseguirles cervezas a Jimmy y Sean. Jimmy se recargaba sobre el Mustang en la cochera, a la luz de la luna llena, su apariencia —oh, Dios, incluso ahora puedo verlo— sus largas piernas, sus brazos cruzados sobre su pecho, sus azules ojos oscuros, enojados con algo, cualquier cosa— impacientes, tal vez sea eso. Lisa Marie y Sean pasaban el rato en los escalones de la entrada, rodilla con rodilla, matando el tiempo, esperando a que Jimmy estuviera listo para irse. Jimmy alternó entre besarme con besos hambrientos y terminarse una de las cervezas de mi padre, luego otra y—

"Jimmy y Sean nos dejaron allí." Me siento tonta.

Sí. Eso es verdad.

"Pero no sabemos adónde fueron, ¿correcto? Tal vez fueron a tomar un helado o aquí mismo a comprar donas o solo a dar una vuelta. La cosa es que no sabemos a dónde rayos podrían haber ido, ¿o sí? Por favor contéstame, Skylar. Esto es lo que yo diré. No le puedes decir algo diferente a nadie."

Cierro mis ojos. Estoy ciega. Los abro y ella aún está ahí, más cerca que antes, hace un segundo.

"Concéntrate, Skylar. Nuestro plan era esperarlos, pero se hizo tarde y me fui a casa. Crucé la calle. Mi madre piensa que fue a media noche. Recuerda la hora y lo que estaba viendo en la televisión cuando entré a la casa."

Esa noche, la noche del sábado pasado, alrededor de media noche, estábamos conduciendo detrás de la SUV de Sean, a una distancia suficientemente lejos que no pudieron vernos. Ellos conducían a toda velocidad pasándose los semáforos amarillos. Yo conducía cómo una viejita que ha salido demasiado noche de su casa. Pero Lisa Marie y yo estábamos soltando risitas, gritando si los perdíamos por un segundo. Teníamos vodka y limonada sin calorías en una botella de agua entre nosotras, la bebida favorita de Lisa Marie para llevar. Bromeamos sobre ser las primeras chicas en salir a una maniobra de campo para cazar frijoleros. Nos reímos todo el camino. Queríamos estar ahí. Yo escogí a Jimmy o él me escogió a mí, pero eso no importa. Esa noche no le di importancia al hecho de haber seguido a Jimmy. Habría ido a cualquier lugar.

A mi lado, hundida en el asiento, con su ventana abierta de par en par, Lisa Marie bebía. Soy bastante consistente al no beber y conducir, pero para ser honesta, me había tomado algunos tragos antes y estaba ya algo tomada y me sentía bien. O, como Lisa Marie diría, no sentía ningún dolor.

Jimmy y Sean se detuvieron como si fueran a recoger a dos personas pidiendo un aventón. Me estacioné en la parte más alejada de un restaurante detrás de un basurero, para poderlos sorprender. En menos de un minuto, Lisa Marie había caído en la inconsciencia, con la botella de agua colgando de sus labios.

Observé a Sean y a Jimmy, realmente solo a Jimmy. Me emocionaba aún más que estar con ellos. Sus siluetas eran claras a la luz de la luna. Los dos tenían una mano aferrándose al techo de la SUV. Era como si fueran las dos mitades de un mismo sujeto—

"¿No fue eso lo que pasó, Skylar? Me fui a casa." Me quedo muda.

"¿No es esa la verdad, Skylar? Tienes que decirlo y creerlo. Yo lo digo, así que debe ser cierto, ¿correcto?"

Soy tonta, muda y, en unos momentos más, me volveré ciega.

"Así que, estamos juntas en esto, ¿correcto?"

Asiento con la cabeza porque siempre ha sido más fácil coincidir con Lisa Marie.

"Así que, Sean, ¿vas a ir con Skylar?"

No creo. El seguro puede ver que no estoy en condición de conducir, que no me puedo mover, que me he convertido en piedra. Pero hoy, se encoge de hombros y me sigue hasta meterse al coche, se desliza hacia el asiento del copiloto y se pone el cinturón.

"Vamos", dice. "Vámonos lejos de aquí."

Sean Mayer

"¿A DÓNDE VAMOS?" Skylar pregunta, avanzando con el coche hacia la calle. Mira a la izquierda y a la derecha y a izquierda y derecha otra vez.

"Sólo avanza."

"¿A dónde?"

Este siempre ha sido el problema de Skylar. Le falta de la imaginación necesaria para imaginar lo inimaginable. Para ella, todo es tal como se ve. Eso es lo que Jimmy decía, a él le gustaba analizarla a ella y a todos los demás.

"Avanza", digo bruscamente, queriendo más que nada liberar mis pensamientos de Jimmy.

"¿A casa?

"A cualquier sitio menos a casa" y agrego con la vieja voz de Sean: "Oye, si ni siquiera son las diez de la noche. Nuestros padres no necesitan saber dónde están sus hijos."

Ella no se ríe. Al menos solía reírse conmigo, ¿no? He conocido a Skylar toda mi vida. Siempre fue la chica de al lado, hija única, adoraba mi casa llena de mis hermanas y yo. Yo quería salir y ella quería entrar.

Ahora agarra el volante como si fuera a arrebatárselo. Sale del estacionamiento tan despacio como mi abuela.

"Anda", le insisto, "vámonos."

"¿Estás drogado? No me gusta estar contigo cuando estás drogado. No quiero lidiar con más locuras."

"Estoy sobrio..." "Me voy a casa."

"Skylar, oye. Déjame hablar por una vez. Estoy completamente sobrio, ¿de acuerdo?

Me lanza esa mirada que dice que no me cree, que no debería creerme, que debería saber mejor que creerme. No sé cómo voy a convencer a alguien de que digo la verdad.

"Ve hacia el este", grito mientras nos acercamos a la LIE (Long Island Expressway). "Al Este. Este. Este. Hasta el final. ¡Al este, Skylar!"

Doy brincos en el asiento. Agarro el volante. Ella es más fuerte de lo que pensaba. Está retrocediendo. Nos salimos de la carretera.

Suelto el volante. No quiero que choquemos contra un árbol.

"¿Hacia el este?", pregunta, pasando por encima de la hierba y la orilla y de nuevo a la carretera.

"Un viajecito", digo, recostándome en el asiento, queriendo subir el volumen de la radio, queriendo ponerla a todo volumen y... ¡Para! ¡Para! ¡Para! Lo prometiste. Le dijiste a tu padre que serías sincero. Que dirías la verdad. Harías el trato. Serías el traidor, el renegado, la rata...

"¿Alguna vez piensas en esa noche?", pregunta ella. "¿Qué noche?" Como si hubiera alguna otra.

Pero me sorprende. "La noche que nos quedamos despiertos hasta medianoche en el columpio de tu patio trasero."

¿De qué está hablando?

"Del neumático, Sean. La primera noche después de que tu padre colgara el neumático en el patio trasero. Pensamos que podríamos establecer un récord, al pasar la noche columpiándonos en el neumático. Era pleno verano. Supongo que teníamos ocho o nueve años. Las luciérnagas nos rodeaban. Creo que tu mamá se olvidó de que estábamos afuera o estaba adentro tomando algo con mi mamá. Limonada. A tu mamá le gustaba hacer limonada de verdad y a mi mamá le encantaba beberla. Al final la pidió ella."

Me estiro en el asiento hacia atrás. "No nos importaba que se olvidaran de nosotros en la llanta."

"Siempre estuvieron ahí, nuestros padres, hasta que dejaron de estarlo. Al menos los míos. No puedo perder a nadie más en mi vida, lo entiendes, ¿verdad, Sean?."

Ella no dice nada más y yo pienso en lo mucho que me gustaba ese neumático, en cómo suplicaba por él, en cómo tenía que tenerlo ese verano más que ir a la piscina o a la partida de bolos o al campamento de día o a cualquier otra cosa. Mi madre quería un juego para mí: un fuerte de madera y columpios amarillos de plástico. Algo que costara una pequeña fortuna, dijo, como si eso fuera a convencerme. Pero yo quería una cuerda y un neumático colgado de mi árbol. Eso es todo lo que quería, eso es todo lo que quiero.

Me enderecé. "Si cuento lo que pasó, salgo libre, sin cargos, sin antecedentes, sin nada. Voy a la universidad, tengo una vida."

"¿Y Jimmy?"

"¿Quédate en tu carril, ok? ¿Quieres que yo conduzca?" Aunque en realidad no he estado al volante desde esa noche. Y no quiero manejar. No es porque mi padre no quisiera que tuviera el coche por lo que no he conducido. No puedo sentarme al volante. Tiemblo. Tengo visión doble. Ahora necesito que Skylar conduzca. Casi no hay coches en la carretera. Aquí, la LIE es una carretera recta. Cada coche parece tomar su propio carril como por algún acuerdo. La luna parece incrustada en el cielo, una fina franja que se eleva frente a nosotros. ¿No había luna llena aquella noche? ¿Por qué recuerdo estar bañado en luz?

"No estaban ahí solos." Skylar pisa el acelerador como si fuera a rebasar a alguien, pero lo único que hace es acelerar y seguir adelante con una feroz determinación dibujada en su rostro. Cuando éramos chicos, yo también lo era, ella me empujaba en aquel columpio de neumáticos con la misma mirada antes de exigirme que hiciera lo mismo con ella.

"Sé que Lisa Marie y tú nos estaban siguiendo."

"¿Nos viste?"

"Sí. Y Lisa Marie me dijo que nos siguieron", admito. "Pero dijo que estaba inconsciente."

"Estaba inconsciente."

"¿Pero tú no lo estabas?" La miro. Al menos sujeta el volante con las dos manos, y son manos delicadas, sin sangre, con las uñas mordidas hasta la piel.

"Ojalá fuera así."

"Nunca serías tú." "¿Quién soy, Sean?"

"No me preguntes", digo. "Ya no sé quiénes somos ninguno de nosotros."

No me mira. Han de haber pasado cinco o diez minutos; el tiempo se expande a lo largo de la carretera negra como la tinta. Como en medio de un pensamiento, pregunta: "¿Jimmy no nos vio? ¿A Lisa Marie y a mí?"

Se concentró en los dos hermanos, para empezar les llamó maricones y homosexuales. Apenas sabía que yo estaba allí. "Jimmy nunca me dijo que vio tu coche", es todo lo que digo.

"¿Y el cuchillo? ¿El Sr. Seeger dijo que tenían un cuchillo?"

"¿Un cuchillo? No lo sé. No creo. ¿Qué estás insinuando?" "No sé."

"Y no me preguntes", digo en voz baja y distante, "por el bat. Cuando todo acabó, no volví a ver ese bat."

"No iba a hacerlo." Sus delgados hombros se hunden en su adelgazado ser. Es como si en estos días fuera la copia de Skylar. La más grande, robusta y segura de sí misma Skylar, aquella de los columpios de neumáticos y las charlas nocturnas pasó a la lista de incapacitados y nunca volvió después de que su madre murió. "¿Así que no viste todo lo que pasó?" le pregunto amablemente.

"Basta. No lo sé. No. Me alejé. Fue una locura." "No sabes. ¡Qué locura!"

Un día me desperté antes del amanecer y me columpié en el neumático con mi pijama de vaquero. El césped aún estaba mojado, el neumático, húmedo. Los pájaros me saludaron, sorprendidos, posándose en las ramas sobre mi cabeza como para anunciar mi llegada, y me columpié hasta el desayuno y me habría quedado fuera toda la mañana si mi madre no me hubiera tentado a entrar en casa con donas y limonada.

"¿Qué fue lo que fue una locura? Dime, Sean." Susurra, como si hubiera otras personas en el coche con nosotros.

"No lo sé, Skylar", empiezo, mirando por la ventana, sintiéndome como si flotara en la oscuridad, sintiendo como si fuera más cómodo hablar. "Solo se suponía que éramos nosotros persiguiendo a mexicanos. No era algo. No era nada. Como matar invasores o extraterrestres, nadie pensaba diferente, solo éramos nosotros patrullando, en una maniobra." Estoy usando la jerga de Jimmy otra vez. Fue mi vida entera el último año. Era de lo que hablábamos cuando evitábamos hablar del baile de graduación porque de eso hablaban las chicas. Era nuestro chiste interno, un chiste espectacular. No soy un psicópata. Sé que era enfermizo, pero era Jimmy y con él no lo era.

"Nadie lo hizo, Sean."

"¿No es raro de alguna manera? ¿No debería alguien haber dicho algo?."
Mordiéndose el labio inferior, ella se saca sangre.

"Nadie lo hizo", finalmente estoy de acuerdo. "No podemos culparnos a nosotros mismos. Eso es lo que dice mi padre." Jimmy nos hizo creer que estábamos haciendo algo bien. Ese era el genio de Jimmy. Eso era lo enfermo de él. Pensaba que estaba siendo una especie de héroe. Y aun así, a mí, nadie me ha dicho que lo que hice estuvo mal. No creo que mis padres quieran sermonearme, creen que es suficiente por lo que ya estoy pasando. Mi padre dice que si les digo a los fiscales lo que tengo que decirles para que me suelten, podré dejar esto atrás.

Nunca voy a ser capaz de dejar esto atrás. Nunca voy a ser capaz de seguir adelante. Hice algo que llevó a la muerte de otra persona. "¿Quién tiene la culpa, entonces?" Le hago a Skylar la pregunta que debería haberle hecho a mi padre.

"No lo sé", dice, porque no quiere decir Jimmy. Ni a mí. Ni a nadie. Ninguno de nosotros tiene la culpa. Se mató a golpes.

"¿Así que todo el mundo va a odiarme por hablar?" Digo, entrando en mis propios pensamientos, deseando estar borracho, deseando estar tumbado, o mejor aún, en mi columpio, fumado, conectado a los grillos, las estrellas y el cielo.

"No lo haré."

La detuve para que no dijera más. "No creo que Lisa Marie vuelva a hablarme." Y añado con una sonrisa forzada: "¿Quizá eso sea bueno?."

Se aferra al volante, estudiando la LIE como si fueran a aparecer más coches, o autoestopistas o fantasmas. "No hablemos de Lisa Marie."

"¿Recuerdas la feria del 4 de julio?," pregunto. "Este año fui. Mi mamá..."

"Ah, sí. El padre de Jimmy estaba en la feria. Le estaban rindiendo homenaje. Es uno de esos héroes del 11 de septiembre. Mi madre también estaba allí recibiendo un premio por hacer lo que sea que hace."

"Yo no estaba allí", repite Skylar.

"Jimmy estaba allí. Me vio con mi camiseta de fútbol y dijo que estaba haciendo pruebas para entrar el equipo. Hizo una broma sobre si tenía que saber hablar español con el entrenador Martínez. Yo me reí. Lo único que me importaba antes de Jimmy era que Martínez había jugado con los Mets. No pensé en nada más. No pensaba en nada."

"Mi madre murió el 4 de julio. Esa noche."

"Así es", digo, al tocar su brazo delgado, dándome cuenta de que sólo estoy trayendo más tristeza al mundo.

"¿Sabes lo que no sabes, Sean? ¿Lo que nadie sabe?

Mi padre también estaba allí."

"¿Dónde?" '

"En las Torres."

Tuve que pensar un segundo. Así es. El padre de Skylar trabaja como paramédico para la ciudad. ¿Qué hizo el padre de Jimmy el 11 de septiembre? Todo lo que sé es que su padre rondaba por los campos de fútbol y béisbol durante los entrenamientos volviendo loco al entrenador.

La miro de reojo. Tiene los labios agrietados, lo que me recuerda cuando teníamos seis o siete años y devorábamos helados italianos, solo de cereza, nuestro favorito, con la boca y los dedos manchados de rojo, de un rojo intenso. En aquel entonces ella no hablaba mucho, pero se reía mucho. Cabalgábamos hacia las estrellas en columpios de neumáticos, devorábamos helados de cereza y bebíamos limonada recién hecha.

Ahora me habla a mí. "Mi padre no volvió a casa. Durmió allí hasta octubre, estoy segura. Yo sólo era una niña, pero recuerdo cómo mi madre quería que volviera, cómo le llamaba al móvil una y otra vez para intentar localizarla, cómo todo el mundo temía que hubiera más atentados. Y cuando volvió a casa, olía a plástico quemado, tenía la cara gris ceniza, parecía mayor y dormía para siempre. Pero nunca habla de ello."

"¿Por qué no sabía esto?" Ni siquiera puedo imaginar a su papá en estos días. Pero sé que definitivamente no es material de héroe.

"Dice que sólo hacía su trabajo." "Eso es genial", digo, porque lo es. "Sabes que lo quiero."

"¿A tu padre?"

"Jimmy. ¿Pero cómo puedo quererlo?"

No tengo una respuesta para ello. Es más, no sé por qué estoy pensando en cómo sería besarla, tal vez sólo para que sus labios agrietados se sientan mejor. En lugar de eso, me froto el cuello adolorido.

"¿Sean?"

"No lo sé", digo, rápidamente, y añado riendo: "¿Cómo voy a saber yo de esas cosas?."

Ella se muerde el labio inferior. "Lo quiero." Asiento con la cabeza. "Conduce más rápido."

Skylar me sorprende. Ella conduce aún más rápido.

Me golpeo la cabeza con el puño. Ninguno de los dos dice nada.

"¿A qué velocidad puede ir este coche?" Finalmente le pregunto. "No lo sé."

"Veamos. Setenta y cinco. Ochenta. Ochenta y cinco", cuento,

y ella se une haciéndome eco: "Setenta y cinco, ochenta. Noventa."
Mi padre bromeó una vez diciendo que debería presentarme al
equipo de matemáticas con ella. Le dije que no tenía tiempo para
nada más, con el fútbol, el béisbol, Jimmy y Lisa Marie. Ahora desearía haberlo hecho, aunque las matemáticas se me daban fatal.
"Ochenta y cinco, noventa, ¿es lo suficientemente rápido, Sean?"

La autopista L.I.E. pasa a toda velocidad. Abro la ventanilla y
percibo el aroma a sal marina, hierba y gases de escape.

"No pares", grito, asomando la cabeza por la ventana, gritán-
dole a nadie en esta noche despejada. O quizá le grite a la luna, a
Jimmy o a mí. El viento, lleno de mar, me hace lagrimear los ojos.

Y entonces aparecen señales hacia Montauk y el final de la
L.I.E. Olvido que la carretera termina aquí, que estamos sobre
algo finito no infinito, que vivimos en una isla.

"¡Más rápido!" Grito.

Skylar me hace caso. "Noventa y cinco, cien. ¡La dirección está
vibrando, Sean! ¡Mira! La L.I.E. termina más adelante, a doscien-
tos cincuenta metros. ¿Qué hacemos, conducimos hasta Montauk?"

Montauk. El final. Eso es lo que dicen las calcomanías de los
autos. Me meto de nuevo en el coche.

"No creo que pueda llegar a Montauk", grita hacia mí.

"Yo tampoco", le respondo a todo pulmón. "¿Tienes el partido
el domingo?"

"Tengo el partido. ¿Crees que me habrían sacado del equipo?."
En mi vida siempre ha habido un partido: fútbol, ligas menores,
hockey sobre hierba, baloncesto, fútbol americano, béisbol, ¿qué
me estoy perdiendo? Siempre he estado en un equipo, pero nunca
en natación, tenis o atletismo. No sé por qué.

"¿Crees que vamos a ganar?" "No puedo ir a la cárcel, Skylar.
No puedo."

"Me refiero al juego, Sean."
"No me importa si ganamos." Nunca he dicho esto en voz alta.
Jimmy odiaría oírmelo decir. Mi padre también lo odiaría; siempre

dice que incluso cuando nadie lleva la cuenta ellos realmente la llevan.

No sé ni cómo podré coger un bate el domingo.

"¿Cuándo vas a hablar?" Ella tiene que gritarme esto. El coche tiembla, el viento, un viento marino, azota el coche, y si ella no lo hubiera gritado, yo habría fingido no oírlo. No quiero seguir pensando en esto. No puedo.

Finalmente, digo: "Creo que quieren que hable antes de la audiencia del próximo miércoles. Creo que es el miércoles. No lo sé. Mi padre se está encargando de todo."

"¿Es esto lo que deberíamos estar haciendo, Sean?"

No puedo decirle que lo hago porque soy un cobarde. No puedo soportar que mi padre o mi madre pasen por esto. No soporto vivir conmigo mismo y el sonido del bate estrellándose contra ese mexicano, ese tipo de El Salvador… ¿Ese salvadoreño? Soy un cobarde. Por eso no hablo nada más. No me importa hacer lo correcto porque ya he hecho lo incorrecto. Soy un perdedor. Hay ganadores y perdedores, y yo he perdido.

"¿Por qué lo hicimos, Sean?"

"La arruiné." No creo que ella me oiga. Está concentrada en conducir a más de 140 kilómetros por hora), y no puedo repetirlo en voz alta, sólo para mí mismo, una y otra vez hasta que Skylar dice que tiene que reducir la velocidad o nos estrellaremos al final de la L.I.E. Me lo dice de manera uniforme, a su manera tan sensata. Mi padre siempre dice que Skylar es la chica más sensata que ha conocido y que por qué no se me ocurrió salir con ella antes de que Jimmy me la arrebatara. Así habla mi padre. Como si Skylar fuera una pelota que dejé caer. Pero tiene razón. También metí la pata en eso.

"¿Sean? ¿Qué deberíamos hacer?"

"Adelante," insisto. ¿No fue eso lo que dijo Jimmy el sábado pasado por la noche, "vamos por ello"? Estacionamos el auto junto a estos dos tipos. ¿Quién sabía que eran hermanos?

Y estábamos jugando con ellos como siempre, hasta que dejábamos de hacerlo. No estoy seguro de lo que uno de ellos le dijo a Jimmy. Yo estaba en el asiento del conductor, a pesar de que estaba demasiado mal como para conducir. Y luego salimos del auto. *Vamos a hacerlo. Vamos.*

En el último momento posible, cuando todavía hay tiempo para evitar el desastre, cuando hay tiempo para decidir vivir y no morir, Skylar reduce la velocidad, se desvía, sale de la L.I.E. Estamos en otra carretera, pero es diferente. Los pinos se elevan imponentes. No podemos ver el camino de regreso. Delante de nosotros, dos carriles se desvanecen en la oscuridad. La luna se ha ido.

Cierro mi ventana. Ella hace lo mismo con la suya. En el repentino silencio, mi corazón late, marcado, roto, asustado. *Vamos. Vamos.*

No sé qué pasó después. No sé por qué tenía un bate en mi coche, excepto que yo llevaba a Jimmy a todas partes y tenía un montón de sus cosas en mi coche: su libro de texto de historia que él dijo que nunca leyó (a pesar de que obtuvo el premio Estudiante-Atleta del Año conmigo), sus pantalones cortos de gimnasia sucios, su botella de agua. *¡Vámonos! ¡Vámonos!* ¿Por qué no le dije que parara? Porque no quería parar, porque sólo estábamos persiguiendo frijoleros, porque yo estaba demasiado confundido, porque en algún punto del camino había dejado de pensar. *¡Vámonos! ¡Vámonos!*

No más. Por favor. No más. Piensa en el columpio de neumáticos. Giré en ese columpio. Agarrado a la rasposa cuerda de cáñamo que se anudaba alrededor de la goma como un salvavidas. Giré en círculos hasta que el suelo giró independientemente de mí. Me fui tambaleando, como si tuviera ocho o nueve años.
No sé qué estoy dispuesto a hacer, salvo beber más cerveza. Estoy confundido. Quiero tener ocho o nueve años y, si no puedo tenerlos, quiero estar tan fuera de mí hasta que no pueda ver bien. Ahora no puedo pensar con claridad.

Quiero ir a algún sitio, un supermercado de descuento, y pagarle a alguien para que corra y me compre al menos dos paquetes de seis cervezas. *Corren lo suficientemente rápido cuando se trata de cerveza,* decía siempre Jimmy. Me odio por pensar eso. Golpeo mi puño contra el costado de su coche.

"¿Estás bien, Sean?"

"Conduce. No me preguntes si estoy bien. No tengo respuesta. ¿Cómo puedo estar bien? Soy un idiota. Un imbécil. Jimmy dijo que deberíamos haber matado al otro hermano también. Tal vez tenía razón. Lo he jodido todo."

"¿No lo dices en serio?", susurra, una mano translúcida yendo a su pálida garganta. "¿Jimmy no dijo eso?"

Siento que todo se me cae encima. Pierdo a Jimmy y a mis amigos y mi vida si hablo, o voy a la cárcel y pierdo a Jimmy y a mis amigos y mi vida. De cualquier manera, estoy en el último lugar. Pero es más que eso, en realidad no estoy en ningún lugar.

"¿Y tú? Vas a ir con Lisa Marie." Y quiero agregar como siempre haces, pero no lo hago. Ya no me queda nada dentro. Aguanto la respiración. Quiero que mi corazón deje de golpear contra mi pecho. Giro en el asiento, mirándola fijamente, respirando como contra mi voluntad. "No tienes que decir nada. Ahora no. Tal vez si hay un juicio. Quiero decir, no soy abogado, pero creo que eso es todo. No lo sé. No me escuches, Skylar."

"No puedo hablar. No esperarás que hable, ¿verdad? Sentiré que lo he perdido todo si lo hago..."

"Creo que hemos llegado al punto en el que todos tenemos que tomar nuestras propias decisiones, ¿no es así?"
"¿Cuándo llegamos a este punto?", pregunta ella, soltando el acelerador, sin esperar una respuesta que yo doy de todos modos.

"Para mí, no hay ningún sitio al que acudir y no queda nada a lo que recurrir. Todos esos juegos que jugamos. Pensé que eran la vida, mi vida, y no lo eran."

"Sean..."

"No más campos. Nada. Se acabó, y tal vez todo no significó nada, y eso es lo peor. Con un golpe del bate, se acabó todo."

"¿Estás bien, Sean?", dice, tensa, distante. "¿Tienes entrenamiento mañana? Voy a ver a Jimmy..."

"Dile de mi parte..."

Skylar me mira de frente con sus grandes ojos verde mar y se aleja. Haga lo que haga, pensará como todos, como Lisa Marie, como el entrenador y mi padre y Jimmy y todos los demás, que soy un perdedor, un perdedor sin remedio. Con un golpe, todo habrá terminado.

"Dime, Sean."

"Nada", digo. "Sigo fuerte."

El Mustang se sumerge a través de los árboles a la izquierda y da una vuelta corta. No vamos a Montauk, el fin del fin. Cierro los ojos. Estamos juntos en el columpio. Skylar está contando. Quiere ver hasta dónde puede contar. Entonces no sabe que aunque los números son infinitos, nosotros no lo somos.

Skylar Thompson

SEAN SE AHORCÓ.

Yo lo encontré. Estaba colgando de una cuerda en su patio el domingo por la mañana. Yo lo encontré primero. Lo encontré porque no podía dormir. Pensé que podría, temprano en el silencio de la madrugada, podar los rosales, esparcir un poco del fertilizante que mi padre compró, no era del orgánico, eran puros químicos. Estaba en pants y sandalias. Soplaba la más ligera de las brisas. No estaba segura de lo que estaba viendo a través del arbusto, la mitad inferior de las piernas de Sean y sus tenis lodosos. Corrí hacia él con las tijeras de podar en mi mano y las dejé caer, diciendo su nombre como si él fuera a correr a mi encuentro.

Sean había desatado la llanta. Había hecho un lazo. Aparentemente, había brincado de la rama más alta con la cuerda alrededor de su cuello. Su padre lo vio también. Había estado a punto de salir a comprar bagels. Salió corriendo justo cuando estaba envolviendo mis brazos alrededor del cuerpo de su hijo, como si pudiera levantarlo, salvarlo.

El papá de Sean siempre fue el papá que sacaba los fuegos artificiales el cuatro de julio —petardos para los chicos más grandes y luces de bengala para el resto de nosotros. Le gustaba organizar la fiesta de la cuadra todos los veranos. Era el entrenador de fútbol y de la Liga Menor e incluso fue Líder Scout cuando Sean le dio por gustarle ir a los Scouts por una temporada. Cuando Sean tenía diez años más o menos, su papá trajo a casa un monociclo. Nadie más tenía uno, pero Sean no quería ser diferente, así que se rehusó a tocarlo, prefiriendo su bicicleta Schwinn azul brillante. En su lugar, su papá condujo el monociclo en todos los desfiles del pueblo, saludando a Sean y sus cuatro hermanas mayores. Mis padres siempre dijeron que los Mayers habían estado determinados a tener un niño, incluso si tenían que tener una docena de niñas primero; lo lograron después de cuatro. A Sean lo nombraron como su padre. Sean era su príncipe, relajado, gentilmente juguetón, que siempre iba con la corriente, príncipe. Pero para ellos, no podía hacer maldad alguna. No podía hacer maldad alguna. Ahora, o nunca más. No lo soltaba.

Su padre no soltaba a Sean tampoco.

Mi padre atravesó los arbustos en su pijama a rayas. El frente de su camiseta estaba mojado, manchado de café.

"¿Sean? Sean. Hazte a un lado. Déjame pasar."

"Está muerto", grité, como si mi padre no lo supiera.

"Hazte para atrás, linda, por favor. No mires esto. Mírame a mí, al cielo, a cualquier otra cosa," dijo.

"¿Sean? Vamos, hombre", dijo mi padre, poniendo sus manos sobre los hombros del Sr. Mayer. "Déjame encargarme de esto."

¿Qué es lo que quiere que Sean haga? Pensé de modo irracional, llorando.

"Sean, no. No, amigo", dice mi padre firmemente al Sr. Mayer. Yo grité. El Sr. Mayer se aferraba a la cintura de su hijo, tratando de levantarlo, de sacarlo del lazo casero, jadeando, gritando, "Sean."

Y ahí estaba mi padre, jalando al Sr. Mayer para sacarlo fuera de allí, desconectando al padre del hijo y bajando a Sean del lazo. Caí sobre mis rodillas. Tenía frío y estaba sola, envolviendo mis brazos sobre mí misma, llorando. El padre de Sean golpeó a mi padre y lo empujó hacia atrás; su madre gritó desde algún lugar de la casa; y Sean yacía junto a mi padre en el césped. Mi padre checó el pulso de Sean, negó con la cabeza y me sostuvo en su mirada antes de darse la vuelta y enfrentarse a los puños del Sr. Mayer. Pero en vez de pelear, mi padre envolvió sus brazos alrededor del Sr. Mayer, lo dejó sollozar contra la pared de su pecho.

En un momento, o así pareció después de haber encontrado el cuerpo de Sean, un enjambre de luces rojas y llantos y vecinos se acumularon alrededor de la casa de los Mayers. Era cómo una fiesta de la cuadra, aunque casi todos estaban en sus pijamas.

El Sr. Mayer rugió el nombre de Sean como si se hubiera perdido, o peor, como si se hubiera ido para siempre, y así lo había hecho. La Sra. Mayer y la policía lo encontraron llorando y arañando y golpeando el pecho de mi padre. Dos bomberos fuertes tuvieron que arrancarlo de ahí, sostenerlo. Mi padre se identificó como un paramédico, dijo que estaba bien, que el Sr. Mayer estaba en shock y reportó los detalles que sabía con voz tranquila y equilibrada.

No conocía a este padre, que otros veían como responsable y confiable, no lo conocía para nada. Me hice a un lado, observando todo, lo vi ayudar a liberar a Sean, a mi amigo Sean, y a acomodarlo en la camilla. Quería gritar otra vez, pero no podía. Los ojos de Sean estaban cerrados, pero su boca estaba abierta. Mi padre se inclinó, gentilmente cerrando los labios de Sean, jalando la sábana sobre su cabeza, asintiendo a los bomberos.

No había estrellas que atrapar esa mañana, pensé irracionalmente, y rompí en llanto. Mi padre me llevó lejos de ahí, mientras decía que ya había visto lo suficiente. No había nada más que alguien pudiera hacer. Dijo la misma cosa cuando murió mi madre. Estaba enojada con él ese día también, por ser práctico, por no darse cuenta de cómo mi mundo entero se había acabado, y de como aquí, había terminado de nuevo.

Coach Martínez

EL DIRECTOR —y yo— decidimos renunciar al último juego de la temporada.

La temporada terminó con once victorias, una derrota. La renuncia se contará como una derrota.

La otra escuela, con una temporada perfecta, va a eliminatorias regionales.

Se supone que he de llamar a cada jugador para hacerles saber que vamos a tener una reunión de equipo en lugar del juego. Los psicólogos, los trabajadores sociales y la directora estarán disponibles. Pero por el momento, nada.

Había estado trabajando en la lista en mi escritorio de la oficina de atletismo. Era una mañana tranquila, el olor del césped recién cortado me hacía pensar en lo mucho que amaba jugar béisbol. Después de una semana de golpear mi cabeza contra la pared por el incidente, después de todo lo que no se dijo en esta escuela sobre racismo y odio, después de todo lo que no dije –porque no pensaba terminar en la tarima de un tribunal, porque en el fondo solo era un jugador de béisbol, porque, tal vez, solo quería salir de aquí con mi reputación intacta— solo quería pensar en el juego. Quería ser un entrenador; quería ganar.

Estaba anticipando, las posiciones de la oposición y su potencial para batear, concentrado, sintiendo que podíamos ganar incluso sin Jimmy Seeger. Pondría a Mayer en cuarta posición al bate. Cambiaríamos la posición de los jardineros. Estaba sentado aquí mientras pensaba que incluso con todo lo que había pasado, amaba entrenar a los chicos. Siempre existe la posibilidad de redención en los deportes, y con los chicos aún más.

Pero ahora no existe esa posibilidad para Sean Mayer, ¿o sí?

¿Fue tan solo el viernes que escuché por casualidad a Mayer hablando en el vestidor sobre su dichosa actividad de "cazar frijoleros" junto a Jimmy Seeger? Es solo otra forma de llamarle a una agresión, eso es lo que quería decir. Estaba diciendo cómo Seeger se mantenía firme en la cárcel del condado. Como todo estaba bien con los abogados.

Irrumpí en el vestidor. Mayer debería de estar en la cárcel también, no en mi vestidor. Un joven estaba muerto debido a su "cacería de frijoleros."

Todos se reían reunidos alrededor de este chico. Caminé hasta quedar frente a él y le dije, "¿Arroz y frijoles? Me gusta el arroz con frijoles. ¿Quieres venir a mi casa? Tengo un arroz con frijoles bastante bueno. ¿Alguno de ustedes perdedores quiere ir a mi casa? Les invito un arroz con frijoles cuando quieran." Nadie dijo una palabra.

Excepto Mayer, que dijo, "¿Entrenador?"

Me volteé a encararlo a toda velocidad. "No me hables, Mayer."

"¿Estoy en primer lugar o en ningún lugar?"

"En ninguno." Me di la vuelta y me apresuré a salir de ese vestidor más rápido de lo que nunca antes había dejado un vestidor.

Mayer se separó de la multitud. Recuerdo haber pensado que no quería verlo o escucharlo nunca más. Si tenía que estar aquí en mi gimnasio, lo ignoraría. Pero no me dejó marcharme al ponerse rápidamente frente a mí. "Lo lamento, Entrenador", dijo con suavidad.

"¿Qué tú, qué?", dije, lo suficientemente fuerte como para que todos lo oyeran. Fijó su mirada en el suelo, a sus pies descalzos.

"¿Crees que eso lo soluciona todo? ¿Lo lamentas y ya todo está bien? ¿Lo lamentas? Guarda tus lamentos para alguien más."

Ahora necesito hacer llamadas. La directora insistió en que sería lo mejor para el distrito que yo hiciera esas llamadas lo más pronto posible. Es probable que todos en el equipo ya sepan lo que le pasó a Sean. Esa es la clase de pueblo que es éste. No hay secretos. *Haz énfasis en la reunión de equipo, no des detalles a los chicos si ellos responden la llamada.* Eso es lo que me dijo ella.

Ayer, tuve mi entrevista final con la preparatoria que está a un pueblo al este de aquí. Oficialmente, me ofrecieron la posición de entrenador principal. Debo redactar mi renuncia. Se hará efectiva al final de año, junio 26. Abro el cajón superior de mi escritorio para tomar una pluma, y ahí está. En el fondo, bien acomodada. Es la carta de recomendación dirigida a la Universidad de Gainesville en Florida para que Sean Mayer sea considerado como un jugador no-becado en el equipo de béisbol de los Gators. Está en papel fino. Lo había olvidado, por un momento, que la tenía ahí. Con mucho cuidado deslizo el cajón para cerrarlo y bajo mi cabeza para llorar por la pérdida, por la pérdida de su madre, por él y por todos los muchachos.

NOTICIAS DE LONG ISLAND DE LAS 12 DE LA TARDE PARA EL SÁBADO, 11 DE JUNIO

Locutor #1: Una vigilia de oración tuvo lugar esta mañana en la congregación Príncipe de Paz por Arturo Cortéz, el salvadoreño inmigrante que murió la semana pasada después de ser brutalmente golpeado. La vigilia tenía previsto atraer varios cientos de miembros de iglesias y sinagogas a lo largo de la isla. (Clip de video: Santuario medio vacío).

Video: Las familias están tan ocupadas estos días… Con el fútbol y la Liga Menor y todo lo demás… Es una pena que más personas de todas las religiones no hayan venido a mostrar lo que sé que llevan en el corazón. (Leyenda: Rev. Lawrence I. Exeter)

Locutor #1: Se esperaba la participación de la Sra. Cortez, la madre de la víctima, pero canceló a último minuto. En una declaración de su familia se hizo notar que estaba abrumada por el dolor. Se espera que atienda la audición del Gran Jurado, agendada en la corte del condado para esta semana. Allí, se enfrentará por primera vez con el acusado de haber asesinado a su hijo.

Locutor #2: ¡Qué confrontación cara a cara será esa!

Desplazamiento de video: Noticias de Última Hora.

Skylar Thompson

Estoy concentrada solo en ver a Jimmy.

No veo el cristal a prueba de balas o a los tres guardias. Deslizo mi licencia de conducir y mi certificado de nacimiento bajo el cristal. La persona al otro lado los estudia. Nací aquí, en Long Island, a cinco minutos de aquí, pero no pertenezco aquí.

Uno de los guardias sacude su cabeza, mientras mira mi foto de zombi en mi licencia de conducir y luego me mira a mí. Me invade el pánico. "La semana pasada fue mi cumpleaños. Tengo dieciocho." Empuja la licencia y mi certificado de nacimiento hacia mí. "¿Nombre del prisionero?"

"James Seeger."

El hombre no muestra reacción alguna, su rostro es de piedra. Escribe una nota y se la pasa al guardia siguiente, que la checa y se las pasa a un tercero que está sentado delante de una computadora y que responde con gruñidos murmurados a toda petición. No estoy segura de por qué hay tres guardias. Tres hombres con cuellos anchos y papadas que se paran uno al lado de otro como un robusto perro guardián de tres cabezas, que me hace recordar, por algún motivo, a Sean. No puedo evitar pensar en él y el árbol y—

"Pon atención, niña", alguien detrás de mí me susurra, alguien en tacones afilados y una falda cortísima que deja ver unas largas piernas bronceadas, alguien que le gusta usar perfume en grandes cantidades. "Pon atención, o me voy a meter delante de ti. No tengo todo el día."

"Eso, Claudia. Díselo", dice otra voz.

La fila es larga. He estado avanzando pasito a pasito por los últimos cuarenta y cinco minutos. Son casi las 12:30 y llegué aquí
temprano. Me pongo mi suéter. Estoy usando una camiseta sin
mangas negra y unos jeans que olían a limpios esta mañana. Me
cepillé el cabello para que no cayera sobre mi cara. Incluso encontré un poco de humectante para labios en el cajón de mi madre.
Debería de haber usado lápiz labial, como ella, como Claudia.
Lápiz labial de sirena rojo que gritara: mírame, bésame.

"¿Qué tanto miras con esos ojos verdes? Se ve como un gato.
Un gato delgaducho y hambriento, ¿No es cierto? Odio a los
gatos." Me respira estas palabras sobre la cabeza. Todos los demás
miran a cualquier otro lado, aburridos o agraviados o cansados
hasta los huesos, incluso los niños.

"Sigan moviéndose, damas y caballeros. Guarden la charla para
cuando estén dentro", dice un cuarto guardia, llevándonos hacia
adelante.

"Ya lo oíste, sigue avanzando, niña." Señala hacia la izquierda.
"Ya veo que hoy es de esos días en los que tengo que hacer todo
por todo el mundo."

Hacia la izquierda, mantente en la fila, abre tu mochila, no se
permiten botellas con sellos abiertos de ningún tipo, ni contenedo-
res de más de seis onzas, así que entrega tu botella de agua a medio
beber. Abre y cierra tu protector de labios. Permanece en la fila.
Inspección de seguridad.

"Levanta los brazos", me ordena una guardia con cabello plu-
moso y piel llena de imperfecciones. "Levántalos alto. Más alto."

No estás viendo nada de esto. Solo verás a Jimmy, pronto.
Nada más. Estás resolviendo un problema del examen de cálculo,
el que dejaste vacío, que involucra la definición de continuidad y
funciones continuas. Es tu trabajo y el de nadie más resolverlo.
Nadie más en esta fila podría arreglárselas para hacerlo, eso es por
seguro. Si lo pudieras volver a intentar, darías con la respuesta correcta, estás segura.

"Más alto. Despierta, niña. La guardia dijo que los levantes alto, y eso significa alto." Y levantas tus brazos lo más alto que puedas.

Rápidamente, te encuentras en la concurrida habitación de visitas. Las paredes están llenas de pósteres, uno con una línea de ayuda para pruebas del VIH, otro sobre el abuso doméstico, y dejas de leerlos. La habitación es del mismo tamaño que el comedor de la escuela, con mesas largas también, solo que estas mesas se alargan desde un lado de la habitación al otro. Y en lugar de estudiantes ruidosos, hay hombres en overoles anaranjados, sus uniformes de prisión, todos amontonados en un lado de la habitación. Piensas que debería oler como el comedor, pero no. Un mareante hedor a desinfectante, que de alguna extraña manera no huele limpio, flota en el aire. Las ventanas están muy por encima de ti, a nivel del suelo. Son muy angostas y están completamente cerradas. Un ventilador de tamaño industrial sopla una briza cálida por la habitación. Alguien se queja de que el aire acondicionado se ha vuelto a descomponer.

Nadie te dice qué es lo que debes hacer. Quieres pensar que es solo como el primer día de clases. Debes encontrar a tu grupo de amigos. Debes encontrar a Lisa Marie. Solo que aquí no es la escuela y ninguno de tus amigos están contigo.

Tienes que hablarle a un guardia. No sabes dónde sentarte, si es que hay lugares asignados. Hay doce guardias, uno en frente de cada mesa. No lo puedes hacer. Te sientes estúpida. Indefensa. Sientes como si nadaras flotando por el aire. Se abre el cerrojo de una puerta y, con un golpe metálico, ésta se desliza para abrirse como quejándose y suspirando. La escuchas y te dan escalofríos, antes de darte cuenta de que esta puerta es la puerta más importante a la cual tendrías que prestarle toda tu atención. Un prisionero, que no es Jimmy, entra. Sus pies están encadenados y sus brazos, libres en su mayoría, lo que notas de inmediato. Cada prisionero lleva una insignia con un número, una fecha y una hora de entrada pegada en su overol anaranjado.

"Siéntate", ordena un guardia. Te das cuenta de que te habla a ti y de que aún estás flotando por el aire.

Rápidamente, te sientas —junto a ella, labios de sirena, Claudia. Ella te ignora. Abre su blusa dos botones más y sus atributos se despliegan hacia adelante, que incluyen a unos tatuajes de un pájaro, un manojo de flores, un corazón, un *amor y paz* escrito en cursiva por todo el amplio espacio. No es tu intención mirar, pero lo haces. Ella se da cuenta y te manda un beso. Esto no se parece en nada a la escuela.

Un murmullo se levanta a tu alrededor. A lo largo de todas las mesas, la gente ha empezado a murmurar unos a otros. Un overol naranja, luego otro, empiezan a tambalearse a través de la puerta.

Nunca has sido buena para esperar. Las pocas veces que llevaste a tu madre al oncólogo, no podías soportar la sala de espera. Solías conducir por ahí hasta que ella te marcara, su voz frágil y rasposa preguntando dónde estabas y tú no estabas en ningún lado.

Cierras tus ojos con fuerza. Tienes tanto de que hablar con Jimmy. Necesitas concentrarte en eso. ¿Cómo puedes decirle que Sean, entre todos, entre todas las personas que conocen, se suicidó? Va a sentirse devastado. Pero se lo tienes que decir, por supuesto. Eso lo cambia todo.

Y luego te da frío, por dentro, en lo más profundo de tu alma. Estás temblando. Tienes los ojos apretados con fuerza intentando borrar lo que viste esta mañana. Sean. El árbol. Te envuelves tu suéter con tanta fuerza que pareciera que quieres clavártelo en el pecho, y a tu lado, Claudia te pregunta con un murmullo, "¿Estás bien, niña? Luego se vuelve más fácil. Todo el año pasado, desde que cumplí dieciocho, he estado viniendo aquí sola también. Se vuelve más fácil."

No estás bien. Tienes frío y estás temblando y Sean está muerto, y no quieres que se vuelva más fácil, no quieres acostumbrarte a esto, y entonces la puerta metálica vuelve a abrirse cómo suspirando y abres los ojos. Solo lo ves a él.

"Estoy bien", respondes. "Estoy bien ahora. Allí está Jimmy."

Jimmy toma asiento en un extremo de la mesa. Me dirige una amplia sonrisa, me hace señas para que vaya a su encuentro, como si hubiera estado apartando el lugar enfrente de él solo para mí y fuéramos a almorzar, irnos a estudiar o caminar a los campos de béisbol. Lo veré entrenar. El sol brillará sobre nosotros.

"¿Qué estás esperando?, Jimmy pregunta. Su voz me golpea el corazón. Solo tengo ojos para él. De alguna manera sus ojos azules son aún más azules. Se sienta incluso más derecho, se ve más cuadrado. Tal vez es el overol anaranjado que lo hace lucir aún más alto o más grande, o ambos.

Sus ojos saltan de arriba a abajo, analizándome. "Quítate ese suéter, por favor." Me lo arranco y me lo amarro a la cintura. Mi cuello y mis brazos quedan descubiertos. "Ven aquí", dice impacientemente. "Te extraño tanto, Sky y solo tenemos una hora."

Me deslizo hacia él. Quiero que se recline sobre mí, quiero sentir su aliento sobre mi piel. Quiero que me sostenga entre sus brazos, pero no puede. No aquí.

"Lo único que quiero es mirarte", dice.

"Tenemos mucho de qué hablar—"

"Toda la semana he estado haciendo ejercicios de visualización. El entrenador Martínez cree que nunca le presto atención, pero he estado en esa celda y he estado visualizando."

"¿Ah sí?"

"Sí. A ti y el futuro. Y he estado visualizando ganar el juego de mañana."

"¿Sobre el juego?"

"Sobre todo, sobre ti, Sky."

"Ah", digo débilmente.

"Mi abuela está pagando a un abogado muy caro y muy astuto. Parece optimista. Amo a esa mujer. A mi abuela. No quiso pagar la fianza. Tiene la opinión de que este lugar me va a enseñar una lección. No necesito ninguna lección de aquí, créeme. Pero ha conseguido un buen abogado—"

"Todo ha cambiado, Jimmy—"

"¿Qué ha cambiado"?

Sus dedos juegan con la parte inferior de mi brazo. Me inclino más cerca de él. Siento su aliento cosquillear mi cuello. El guardia, dándose cuenta, niega con el dedo hacia Jimmy. Jimmy sonríe, retirando su mano lentamente. "Ese OC es un buen tipo. Un muy buen tipo, si sabes a lo que me refiero."

"No, no sé—"

"Pero no me dirijo a él como 'señor'. Así llamo a los OC que no merecen mi respeto."

"¿OC?"

"Oficial correccional", dice con una sonrisa causada por saber algo que yo no —clásico de Jimmy "Y me alegra no poder tocarte aquí." Está susurrando ahora y yo estoy sufriendo. Necesito contarle sobre Sean.

"¿Por qué?", digo. Lo único que quiero es que me sostenga.

"Necesito que te mantengas a salvo."

"¿A salvo?"

"Mira a tu alrededor. Mira al tipo de personas aquí." Se inclina hacia adelante. "La escoria de la tierra", se vuelve a enderezar. "No quiero decir nada más."

"Solo te veo a ti, Jimmy."

Se sienta completamente derecho. Sus ojos se clavan en los míos. "Bien. Pero tú y yo sabemos que hay otra realidad. Y no quiero tener problemas aquí. Mi abogado me dijo que debo mantener un perfil bajo. No puedo decir nada que lastime los sentimientos de alguien. Pero nunca lo hago, ¿o sí, Sky?"

"Jimmy", digo moviéndome con inquietud en mi silla, frotando mis brazos, "Necesito decirte algo—"

"Primero déjame decirte algo", dice, entrecruzando sus manos en la mesa entre nosotros. Siempre amé sus manos, el doble de grandes que las mías, llenas de fuerza y de poder y de seguridad, y me obligo a dejar de pensar. Jimmy. Soy la chica de Jimmy. No quiero pensar en la noche del sábado pasado. No quiero ver nada más que a Jimmy sentado enfrente de mí, "Te lo voy a compensar.

Lo haré. Lo lamento. Lamento haberme perdido tu cumpleaños. No tengo nada para ti ahora, aquí. Te iba a dar un regalo muy especial. Un anillo."

"¿Mi cumpleaños?"

"Fue tu cumpleaños ayer. No lo olvidé."

"Mi cumpleaños fue hace tres días. El miércoles."

Me mira como si hubiera dicho algo incorrecto, como si hubiera metido la pata.

"No estoy pensando en mi cumpleaños", respondo rápidamente. "Pasó algo hoy, y no sé cómo decirte—"

"Sean."

"¿Lo sabes?"

"Mi abogado llamó esta mañana."

Aire caliente de los ventiladores me golpea en la cara, pero de alguna manera estoy helada, temblando.

"Escúchame, Skylar. Escucha. Esto no cambia nada para nosotros. ¿Estás bien? ¿Cómo es que tienes tanto frío? ¿Comiste hoy?"

"Sí", susurro, una mentira blanca. ¿Cuándo habría encontrado el tiempo para comer? ¿Antes o después de haber encontrado a Sean en el árbol? ¿Y por qué cuando una mentira es pequeña es una mentira "blanca"?

Necesito hablar de Sean, sobre lo que vi. "Era mi amigo más antiguo", digo con voz estrangulada. "Sé que tú y él se volvieron mejores amigos este año. Pero yo he conocido a Sean toda mi vida, lo quería—"

"Debes escuchar. Esto no cambia nada entre tú y yo. De hecho, ese anillo, es un anillo precioso. Tiene una perla en el centro, una perla completamente blanca. Está en la caja fuerte de mi abuela. Pero es mío. Es más cómo un anillo de amistad, pero solo por ahora. Escúchame, Skylar, no sé por qué Sean se suicidó. No quiero hablar mal de los muertos, Pero era un tonto. Un idiota. Y ahora, entre tú y yo, tengo un caso mucho más fuerte. Nosotros —bueno, mi abogado, no yo, estaba preocupado por Sean, sobre lo que pudiera decir. Tal vez nos hizo un favor, eso es lo que dijo mi abogado, no yo. Ahora, es mi palabra contra la de un fracasado mexicano de diecisiete años."

"Es de El Salvador."

"Sky."

"Y nació aquí."

"Escucha, le encontraron hierba y un cuchillo al tipo. Me estaba defendiendo. Y lo estaba. Eso es exactamente de lo que trata todo este asunto— de asegurarnos de que tú y yo, y Sean, y Lisa Marie y todos los demás, estuvieran a salvo— de asegurarme que mi hermano menor pudiera crecer en un lugar seguro."

"Ellos eran hermanos también." Froto mis brazos. En el otro extremo de la mesa, Claudia está balanceándose en la mesa. Sus tatuajes están completamente expuestos para su acompañante vestido en un overol anaranjado. Este les susurra como si le estuviera contando secretos a los tatuajes.

Jimmy voltea a verlos también, encontrando gracioso que me interese tanto. Se inclina hacia mí. "Tú eres mucho mejor que ella."

Sé que la intención es hacerme un cumplido, y hace tiempo, hace una hora, lo hubiera tomado así. Me sobresalto. El guardia ha pitado su silbato, mientras se apresura a llegar al otro extremo de la mesa. "Saben las reglas. Sin contacto físico. Levántate. Vamos." Jimmy les lanza una última mirada llena de aburrimiento y vuelve a mirarme a mí. Le toma un momento a Claudia volver a abotonarse la blusa. Sus manos tiemblan. Se limpia el labial con la mano, presionando su palma sobre su boca como si eso fuera a silenciar su enojo o dolor, no estoy segura de cuál. Ella solo puede mirar mientras se llevan a su novio.

Jimmy está tenso. Se posiciona al final de la banca derecho como un palo. Necesito concentrarme en él solamente.

"¿Qué hay de Lisa Marie? ¿Está bien?"

"¿Qué quieres decir?"

"¿No creció ella con Sean también?" Dile que pregunté por ella. No quiero que se olviden de mí."

"Está preocupada por lo que se va a poner en el funeral. Sufre de lo que ella llama una *deficiencia negra*."

Él ríe. "Entonces está bien."

Lo estudio. "¿Alguna vez pasó algo entre tú y Lisa Marie?"

"No."

Espero a que me diga algo más, que vacile o desvíe la mirada. En su lugar, sus ojos azules se clavan en los míos. No dice nada más. Así que continúo con cuidado, "De hecho, lloramos abrazadas toda la mañana. Su madre y su padre tuvieron que arrancármela de encima. Le tuvieron que dar algo para calmarla. Yo no quise nada. Una pastilla, quiero decir. Iba a venir a verte, quería ser capaz de pensar con claridad en este momento. Quiero decir, ¿por qué se suicidó Sean si todo iba a estar bien?"

"Skylar, él era mi amigo también. No quise ser tan duro con él. Sabes que ese no soy yo, es este lugar", dice mirando a su alrededor.

"Pensé que seríamos amigos toda la vida. El tipo de sujetos que en veinte, treinta años todavía juegan béisbol juntos, o para entonces softball, tal vez, ese juego le va mejor a los hombres mayores. Pero sabes a lo que me refiero. Yo también estoy triste. Yo también he perdido algo. Desearía haber sido lo suficientemente fuerte para él y para mí. Desearía haber hecho lo que era necesario. Ahora debo cargar con esto, el resto de mi vida. Nunca olvidaré a Sean."

Dice esa última parte tan gentilmente, ¿necesito escuchar algo más? "Escucha, Skylar", continúa, apenas moviendo sus labios. "Solo quiero asegurarme de que estás conmigo. Sé que probablemente has tenido que hablar con la policía una vez, pero no tienes que hacerlo de nuevo, al menos no voluntariamente. No tienes que hacerlo."

"No lo haré."

"Todos en la escuela sabían lo que pasaba, todos querían participar. ¿No te dice algo eso?" Mueve su cabeza para que no la vea el OC. "Sé que no seguiste el protocolo esa noche, Sky."

Mis pensamientos se sobresaltan. *Solo quería estar contigo. No vi nada.* Quiero mentir, quiero que sea la última mentira. "Por favor, Jimmy. Por favor. Le dije a la policía que no estuve ahí. Solo hablé con un oficial, el Oficial Healey. Me preguntó si esto era parte de una serie de ataques y le dije que no sabía. Quiero decir, dije que no, que no lo era, que nunca te escuché decir nada en contra sobre—"

"El pez por la boca muere, Sky."

"¿Qué?" Intento sonreír.

Él no sonríe. La mía es falsa, lo sé. Mis manos están heladas. Parpadeo; pero él no.

"No digas más. Ni ahora. Ni aquí. Ni nunca." Respira hondo. Sus ojos azules se clavan en los míos. "Te amo, Sky. ¿Recuerdas la noche que nos conocimos? ¿Recuerdas al pajarito? Siempre pienso en cómo salvé a ese pájaro. Lo salvamos juntos. Eres como ese pájaro para mí. Frágil. Tu madre decía algo sobre los pájaros, siempre recuerdo que me lo confiaste."

"Sobre plumas."

"Así es. Era un poema de Emily Dickinson. 'La esperanza es una cosa con plumas...' ¿Qué seguía?"

Me reclino, ofreciendo la siguiente línea.

Sus ojos se entrecierran. "No importa. No ahora. Pero siempre pensaste que yo le hubiera agradado mucho a tu madre, ¿no es así? Siempre deseé haberla conocido."

"Yo también."

Su voz se agrava. "Escucha."

Los ventiladores repiquetean con cada rotación. Un bebé llora en algún lado. Una mano golpea la mesa. Pies encadenados se arrastran. Me siento completamente inmóvil, con mis brazos a mis costados.

"Escucha," dice, "necesito escuchar que me amas, Sky, que cuando todo esto acabe estaremos juntos. Haremos exactamente lo que planeamos. Nos tomaremos un año sabático. Tendremos nuestra gran noche. Tal vez no será la noche de graduación, pero será nuestra noche de graduación, juntos, si sabes a lo que me refiero. Navegaremos en el bote de mi abuela hasta Florida. Me enlistaré. Tú irás a la escuela cerca de dónde yo estaré ubicado."

"No he hablado con mi padre de no ir a la universidad el próximo año. Aún no."

"Skylar, no me estás oyendo, ni me estás escuchando."

Lo estoy escuchando con todo mi corazón, pero no sé lo que está diciendo sobre la graduación y el bote de su abuela. Siento como si fuera mi padre preguntándome lo que quiero desayunar la mañana siguiente después de que murió mi madre. ¿Quería panqueques o huevos? Quería llorar o gritar, salir corriendo lejos de esa casa y de él. No quería volver a comer nunca más. Más que nada, quería hablar sobre ella, de lo que significaba para nosotros, de cómo estaría con nosotros siempre. En su lugar me tenía que conformar con huevos y panqueques. Quiero hablar con Jimmy sobre cómo se siente de la misma manera, tan llena de urgencia que me revuelve el estómago como si fuera un asunto de vida o muerte. Necesito saber, solo para mí, y no para nadie más, mucho menos para la policía, que no lo hizo con intención. Qué nunca quiso matarlo, como fuera que se dieron las cosas. Aún más, necesito saber que lo lamenta, que los dos lo lamentaremos el resto de nuestras vidas y entonces podemos seguir con nuestras vidas.

"Desearía que me dijeras una cosa, solo a mí, Jimmy, a nadie más", digo, para mi sorpresa. Mi corazón acelera. "No tienes que decirlo a nadie más—"

"He dicho que te amo."

Hablo apresuradamente, con imprudencia, "Alguien fue asesinado. Quiero decir, alguien ha muerto. Y Sean, era tu mejor amigo. Estuvo ahí la noche del sábado pasado—" Siento que estoy emergiendo a la superficie. Mi corazón se rompe por el esfuerzo. Late lo suficientemente fuerte como para que Jimmy pueda oírlo; late contra su dura y fría mirada.

"¿No fuiste tú quien me dijo que *lamentar* era una palabra sin sentido?"

"No me refería a eso—"

"Todas esas noches que te sostuve", dice con urgencia, "y que me sostuviste de vuelta, me contuve por ti, Sky. Quería tomar el control de la situación, ¿me entiendes? Uno de nosotros tenía que tomar el control."

"¿Control?"

"Me contuve, mientras te escuchaba llorar por tu madre."

"No creo necesitar a nadie para que me controle."

"Protegerte entonces. A eso me refería. Yo era tu protector, ¿no es así? Estuve ahí para ti, ¿no es así? Todo lo que quería hacer es mantenerte a salvo. Pensé que creías en lo que yo creía. Creías en nosotros, ¿no es así? Necesitó oírte a *ti* decirlo al menos."

Sobre su hombro, el ventilador zumba. Otras parejas se reclinan cerca uno del otro, como comiéndose las palabras el uno del otro. Creía en él, claro que sí, quiero decir, creo en él. Respiro, parpadeo, llego a la superficie y—

"Sostenme con esos ojos verdes. He estado viendo esos ojos verdes en mis sueños, Sky."

No puedo evitar mirarlo, aunque un pensamiento perdido pasa por mi cabeza: Jimmy ha estado durmiendo aquí. Sean dijo que no había podido dormir nada la semana pasada. Los profundos ojos azules de Jimmy están fijos en los míos. Me siento desesperanzada, quiero decir, desesperadamente conectada a él. "Lo lamento. ¿Si eso es lo que necesitas oír? *Lo lamento*. ¿Me escuchas, Skylar?"

"Te escucho, Jimmy." Sí lo hago. Sean ha muerto y alguien llamado Arturo Cortez ha muerto, y mi estómago se hace un nudo, y yo lo estoy escuchando—pero de alguna manera, no es exactamente lo que necesitaba oír. Sus ojos jamás se separan de los míos.

"Bien", dice. "A veces pienso que has estado sonámbula todo el año pasado y que yo he tenido que hacer todos los planes para nuestro futuro. Nunca te dejaré ir, Skylar, así que necesito que me entiendas. Tengo una filosofía de vida, un manual de campo personal y, si hubieras escuchado, recordarías que es muy simple pero efectivo—"

"¡Seeger!"

Jimmy levanta su mentón lentamente, reconociendo al guardia, uno diferente, un apellido hispano en su insignia.

"¿Sí, señor?"

"Se acabó el tiempo."

"Sí, señor."

"Ahora, Seeger."

"Sí, *señor.*"

Frente de mí, Jimmy se levanta.

Y entonces lo recuerdo. No he dicho lo que vine a decir en verdad. ¿Cuándo es demasiado tarde para decir, te amo?

Skylar Thompson

ALGUIEN HA PLANTADO PETUNIAS en las macetas de mi madre.

Verlas me hace frenar en seco. Ola púrpura, Fantasía de Mañana Rosa, Amarillos Eléctricos… Mi madre nombraba a sus petunias. Entro corriendo a la casa.

Después de ver a Jimmy, pase toda la tarde conduciendo sin rumbo de nuevo. Esta vez, no vi a nadie. Conduje pensando en Jimmy, en lo que dijo y no en lo que no dije, pensando que tenía razón. Esta es una isla pequeña.

Y tengo que irme.

Voy a usar los cien dólares del dinero de mi cumpleaños y me voy a ir. Tengo dinero en el banco si lo necesito. Dejaré Long Island. Si no estoy aquí el lunes, no puedo hablar con la policía o con nadie. Puedo tomar mi Mustang y conducir al este, cruzando el corazón de Manhattan. No tengo que detenerme. Nunca he conducido en la ciudad. No me importa si me pierdo. No tengo a dónde ir, solo tengo que salir de aquí. Esto no es una serie de pensamientos irracionales. Tengo la cabeza tan clara que es impresionante. Por primera vez en mucho tiempo, sé que es lo que debo hacer. Debo empacar. No mucho, algunos jeans y camisetas. Algunas fotos de Jimmy y de mi madre, por supuesto.

Pero primero debo encontrar una cosa de mi madre que debo llevar conmigo. Y debo volver a entrar en la habitación de mis padres. No he entrado ahí desde la noche que ella murió.

Abro la puerta de un empujón.

La cama no está hecha. El uniforme de paramédico de mi

padre, su ropa interior y sus calcetines están desparramados por la habitación. Los closets están abiertos de par en par. La ropa de ella, incluso sus kimonos, ya no están en sus ganchos, sino hecha bola en el suelo. Su lado de la cama, el lado derecho, está desordenado mostrando una caja de pañuelos, algunos usados, sus lentes de lectura rojos y la bufanda de plumas rosas que apareció en su cuello cuando regresó de la quimio por última vez.

Deberíamos haberlo tirado todo. Deberíamos de haber abandonado esta casa, sellado la puerta con clavos, mudarnos.

Con un jadeo, abro de golpe los cajones de la mesita de noche. Lavanda, su aroma favorito, escapa de ellos. Caigo sobre mis rodillas sobre el piso de madera, lleno de pelusas de polvo y busco bajo la cama. Encuentro lo que he estado buscando, metido entre la cama y la pared, una edición de bolsillo demasiado grande, de seis pulgadas de grosor, la portada doblada, rota y reparada con cinta adhesiva, tantas páginas marcadas, subrayadas y dobladas en una esquina. Me lo robo. Cuando me levanto y me doy vuelta, el libro presionado contra mi pecho, ahí está, me topo con mi padre, con los brazos café hasta los codos, llenos de tierra.

"Me marcho."

"Claro que no", dice, sorprendiéndome. "¿Qué haces? ¿Qué andabas haciendo aquí adentro?"

"Solo voy a mi cuarto."

"No irás a ningún lado ¿Qué llevas allí?"

"Tengo que irme." Abrazo el libro aún más. "Es mío", miento. No pienso decir nada más. No lo haré. Me marcho. Me voy. Tal vez sí he estado sonámbula, Jimmy tenía razón, pero ya no más. Contactaré a la escuela y haré que me envíen mi diploma. Pasaré todas mis clases incluso si no tomo mis exámenes finales. Aunque me perderé el funeral de Sean. Miro a mi alrededor, me voy a perder de muchas cosas. Pero cualquier cosa que le pueda pasar a Jimmy, no será por mi culpa.

Trato de abrirme paso esquivando a mi padre, pero me bloquea.

"Ese policía me llamó. ¿Me dijo que habló contigo?"

"No diré nada voluntariamente a la policía."

"Te respaldaré, Skylar. Lo que sea que digas, lo que sea que hagas. Pero debo decirte que tu madre hubiera querido que dijeras la verdad, lo que viste. Eso es lo que he estado pensando."

"Si me convocan, iré."

"Mira, tu madre era mejor persona que yo. Debo decirte, tenía mucha esperanza para el futuro, para mi futuro y para el tuyo, y el futuro en general. No tenía miedo de nada." Se le hace un nudo en la garganta. "Murió la persona equivocada, que te puedo decir. No te puedo decir nada más que esto: Te amo, Skylar, y lo que sea que decidas hacer estaré ahí para apoyarte. Pero espero que decidas decir lo que sabes y dejes lo demás al juez y al jurado."

"Esta es una isla pequeña."

"¿Qué demonios significa eso?"

Toda la tarde he estado pensando en lo que dijo Jimmy, todo lo que ha dicho estos últimos meses, sobre nuestro pueblo, nuestra isla. Son sus ideas, no mías, y no sé lo que significa del todo. Pero no había pensado lo que significa hasta hoy. Cuando estemos juntos, juntos de verdad de nuevo, podremos hablar y podré escuchar en verdad. Me encojo de hombros. No sé lo que significa —tengo que irme, eso es todo.

Mi padre se limpia los ojos con la mano, dejando un rastro de tierra, recuperando un poco la calma. Retrocedo. "Puede que sea una isla pequeña y puede que sea un mundo aún más pequeño, pero eso no significa que no encuentres una manera de vivir en él con todos los demás. No significa que salgas y hagas tus propias reglas, ¿o sí? Mira, no soy ningún filósofo o nada por el estilo. Solo soy el conductor de una ambulancia. Pero he estado pensando mucho—"

Retrocedo aún más hasta que me veo forzada a sentarme en la cama, en el lado de ella, con su libro todavía en mis manos.

"¿Estás cansada?", pregunta. "¿Quieres tomar una siesta un rato?"

Solo puedo pensar que estoy sentada en la cama de mis padres, en el lado de mi madre, y que estoy un poco asustada.

"No estoy nada cansada. Sé lo que hago. No puedo quedarme aquí." Paso mis palmas nerviosamente sobre su edredón de seda, sobre la explosión de flores de cerezo sobre negro. "Aquí murió ella."

"Lo sé."

Paso mis nudillos sobre la seda, inhalo su lavanda. La seda está fresca. Por primera vez, no tengo frío. El pensamiento viene lento y claramente. Me pidió que le dijera la verdad. Me preguntó si podía morir, como si me pidiera permiso; no lo hacía. La pregunta era para que pudiera responderla. Ella sabía que necesitaba hacerlo.

"Fui un idiota." Desde la puerta, la voz de mi padre, llena de dolor, me detiene en mi afán de desplomarme sobre la seda. "No pude hacerlo de cualquier manera. No pude estar aquí, aquí al final, debí de ser más fuerte o más valiente o algo—"

"Esa noche cuando murió, cuando me preguntó si estaba bien—" digo con claridad, queriendo que me escuchara.

Lo sobresalto.

"No importa que no hayas estado aquí."

Unos mechones de su cabello están parados en un lado de su cabeza. Les pasa sus dedos llenos de tierra seca a través de ellos y sobre su cabeza y su ceja. Inocentemente se ha cubierto todo de tierra.

"Mira, desearía poder cambiar el año pasado. Desearía haber estado ahí para apoyarla, a ella y a ti. Si hubiera hecho las cosas de otro modo, tal vez no habrías terminado enrollada con alguien como Jimmy." Me lanza una mirada de reojo. "¿Lo viste hoy?"

Dudo antes de contestar en voz baja, "Sí."

"¿Fue lo que esperabas?"

"No. Pero eso no cambia lo que he decidido que debo hacer", digo, con más rebeldía de la que siento. No puedo hablar voluntariamente con la policía. Tengo que irme—

"Su padre ha estado llamando, queriendo saber cómo te fue en la visita, si planeas hablar con la policía otra vez el lunes—"

"No puedo hablar con él. Quiero decir, hablaré con Jimmy, pero no puedo hablar con su padre otra vez. No tengo nada contra su padre, pero—" Salto dejando la colcha para ponerme de pie, con la intención de salir de la habitación.

"Mira, puedes mentirle a todo el mundo, incluso a mí, incluso a ti misma, pero debo decirte que, una mentira como esa te perseguirá el resto de tu vida." Me toma el brazo para detenerme y evitarme pasarlo de largo y luego lo suelta tan rápidamente como lo tomo. "Pensé que si no la veía morir no lo haría. Debería haber estado ahí. Debería de haber enfrentado la verdad—"

"No puedo. Si lo hago, perderé todo."

"No me perderás a mí." Me mira, directamente a mí, como no lo ha hecho en mucho tiempo. Tiene la misma mirada en calma que tenía esta mañana con Sean y el Sr. Mayer. Parece como si pudiera enfrentarse a cualquier cosa. Pero sé que no puede, no pudo con la muerte de mi madre.

Cruzo los brazos sobre el libro de mi madre y me paro quedándome completamente inmóvil. Él se mueve de un pie lodoso al otro. Mis ojos no pueden encontrar los suyos. "No me quiero perder a mí misma."

Asiente, su cara roja. Desearía que pudiéramos solo sentarnos y ver el partido juntos como solíamos hacerlo, cuando yo tenía seis o siete, y luego caía dormida antes del descanso después de la séptima entrada. Tiene que haber un partido de béisbol en la televisión, como siempre hay uno. Él lucha por mantener su mirada fija en mí. Me doy cuenta de que también tiene miedo de perderme.

"He tenido demasiadas pláticas —contigo, papá; Lisa Marie." Se me hace un nudo en la garganta. "Jimmy."

Respiro profundamente.

"Debo pensar en lo que diré— o no. Esta es mi vida. De nadie más."

Esa es la única verdad que tengo hoy. Esta es mi vida. Tengo miedo, más que un poco, ahora que he dicho eso. Me recargo con el hombro sobre el marco de la puerta como si me fuera a caer. Mi padre considera mis palabras, limpiándose la boca con la mano. "Mira, ¿tienes hambre? ¿Podríamos ir a la cafetería?"

"No."

"¿Podría hacer huevos? ¿Tiernos? ¿Con pan tostado? Incluso tengo algo de helado de vainilla. Podría hacernos unos batidos para acompañar. Sé que no es una gran cena."

Tengo hambre. Incluso más que hambre, quiero comer. Me encojo de hombros para darle a entender que estoy de acuerdo, lo cual es suficiente para que él da un salto atrás, emocionado.

"Sabes, hay algo en ese libro que a tu madre le gustaba leerme, como si yo pudiera entender lo que significa."

"¿Sabías que este era su libro?"

"Okay, aquí está la cosa. Trato de que yo me memorizara un par de versos de ese libro suyo que tienes."

Me aferro al libro con aun más fuerza. Es mi libro.

"Olvídalo. Todo lo que pude meterme en la cabeza fue la primera parte de uno de ellos." Antes de que pueda decir, "No, detente", él se para muy derechito como en posición de firmes o como un niño que se ha portado muy bien en la escuela. Sume el estómago y cierra los ojos con fuerza. "La esperanza es el ser / con plumas—"

De frente a él, quedo sobresaltada. Es como si pudiera escuchar el sonido de mi propio cuerpo. El jale y empuje de mi propio pulso. Algo dentro de mí está siendo impactado por una pluma.

"Nunca entendí eso de la pluma. La esperanza, para mí, es algo con raíz. Plantado muy profundo. ¿Pero qué rayos voy a saber yo?"

Encuentro mi voz. "¿Qué me dices del resto del poema?"

"Mira, he olvidado el resto. Tal vez puedo empezar a hacer la cena y tú lo puedes leer en voz alta. ¿Sabías que a tu madre le gustaba leerme esas cosas? Es la verdad. Le tuve que decir que solo estaba siendo honesto cuando dije que prefería ver el juego de los Mets. Pero nunca era todo sobre ella o todo sobre mí. Tengo tanto de que hablar contigo, Skylar. Estoy empezando a pensar en el futuro, otra vez, para mí, para ti, para nosotros. Y algo más, algo que debo decirte antes de que te vayas, lamento mucho que haya muerto ese chico. Lo digo en serio ahora. Me apena mucho."

"Sean, lo sé, todavía no puedo creer lo que pasó esta mañana." Me estremezco. Nunca se va a acabar. *¿Tal vez solo deba irme? Podría irme esta noche después de que se haya ido al trabajo —podría solo irme—*

"Lo siento por él también. Y lo lamento por su padre y por su madre. Pero lo que quiero decir es que lamento mucho lo que le pasó a Arturo Cortez. Lo lamento por su familia, por su hermano, por su madre. ¿Tú, no?"

De nuevo, me doy cuenta de que nunca he conocido realmente a este hombre, a mi padre. Me mira con ojos marrones llenos de tristeza. Creo que nunca me había dado cuenta de que también son ojos amables. "¿Viste a su madre en las noticias?", me dice. "Se bajó de ese avión desde Dios sabe dónde, pensando que su hijo estaba vivo aún, y *bam.* Debió de haberle pegado como no sé… cómo un bate en la cara." Pausa, jadeando por aire. "¿Cómo padre, qué haces al escuchar algo como eso? Tu hijo ha muerto de una paliza con un bate de béisbol, ¿y por qué? Por nada importante, es lo que yo digo. Lamentarlo no es suficiente, ¿o sí?" Parpadea en furiosa secuencia. Me siento helada.

"Ella odiaba esa palabra—" lo digo, porque tengo que decir algo y miro para el otro lado. "Mamá, quiero decir. Odiaba *lamentar.*"

"*¿Lamentar?* Ni que lo digas. Odiaba sentir remordimiento, así que nunca lo hacía, al menos eso me decía. Y odiaba aún más cuando la gente decía que lo lamentaba sin sentirlo realmente. Era dura, pero completamente honesta consigo misma."

¿Yo con quién estoy siendo honesta?

"Mira, he estado pensando, y tal vez no quieras escucharlo, pero he estado pensando en esto toda la semana y debo decirlo, no puedes mentir sobre lo que sabes."

"No sé ni lo que sé."

"Creo que sí lo sabes", dice. "Si mientes, y como resultado no se encuentra a nadie responsable del asesinato de ese chico, no sabrás quién eres, Skylar. No sabré quién eres."

"Si me convocan—"

"Tienes la oportunidad de decir algo ahora."

"Debo irme." *No quiero que sepas quién soy,* quiero gritar. *Ya no sé nada.* "Papá, por favor."

"Puedes irte, Skylar. Ve. Ve a dónde sea que tengas que ir esta noche. ¿Se van a reunir todos por Sean? Pensé que por eso estabas buscando ese libro. Así que ve. Podemos hablar más al rato, si quieres. Te esperaré." Hace una pausa y se mece de un pie al otro y se recarga en la pared.

Ninguno de nosotros se mueve. Cuando dije que debía irme, pensó que sería por unas horas. No lo corrijo.

Lo miro como no lo había visto en mucho tiempo, lo que significa que no lo veo deseando que hubiera muerto en lugar de mi madre. Lo veo y recuerdo cómo nos sostenía a mí y a mi madre mientras veíamos el partido de béisbol. Estaría contra su pecho en el lado donde latía su corazón y mi madre del otro lado, sus brazos sujetándonos con fuerza alrededor de las dos. Apestaba a sudor y a la ciudad, mientras que mi madre olía a lavanda.

"Mira, ¿Sabes lo que hice hoy? Planté flores. ¿Las viste? ¿Las petunias?"

"¿Tú?", actúo sorprendida porque se ve tan contento consigo mismo. "Deberías regarlas."

Lo paso de largo y me voy.

La esperanza es el ser con alas—
Que se posa sobre el alma—
Y canta la melodía sin palabras—
Y que jamás terminará—

Primera estanza del poema de
EMILY DICKINSON

Escrito por Skylar Thompson en la página web
en memoria de Sean Mayer

Skylar Thompson

LA NOCHE DEL SÁBADO, no fui a ningún lado más que al Dunkin' Donuts a llorar en los hombros de Lisa Marie y Jake y Benny y después me fui a casa. Hoy, domingo, regué las petunias con mi padre antes de que se fuera a su turno. Finalmente, ha llegado la tarde y no hay nadie alrededor.

El papá de Sean me encuentra, o yo lo encuentro. Yo no debería estar aquí. Debería desaparecer.

Y me voy de aquí esta noche.

Aunque en este momento estoy abajo del árbol de Sean. El papá de Sean sale de su puerta trasera. Un olorcillo de palomitas le sigue antes de que la puerta se azote, cerrada. Al principio espero que vaya a estar enojado conmigo. Pero me da una sonrisa cansada y tontorrona. Arrastra los pies alrededor de la base del maple, acariciando su corteza.

"Recuerdo cuando Sean me pidió que colgara esa llanta en este árbol. Dijo que era 'su' árbol. Ninguna de las chicas había pedido nunca algo así. Pero, seguro, ¿por qué no? Lo que sea por mi hijo."

Escanea las ramas del árbol. Este es un árbol viejo, magnífico. Alguien ha quitado la cuerda. La rama de la que Sean se columpiaba tampoco está, serruchada. El árbol se ve triste.

"Skylar", dice, "Sabes, Sean iba a aceptar un acuerdo. ¿Lo sabías? Yo lo estaba empujando a hacerlo. Quería que contara la verdad. No me importaba cuál verdad. Simplemente, no quería que mi hijo fuera a la cárcel o tuviera que marcar la casilla de 'sí' en la pregunta de '¿Alguna vez cometiste un crimen?', de una aplicación de trabajo."

"¿Por qué?" Extiendo mi mano a lo largo de la áspera corteza del árbol. "¿Por qué pasó esto? ¿Tan diferente es nuestro pueblo?"

"¿De qué hablas? No es diferente para nada. Es un gran pueblo. Sean no sabía lo que estaba haciendo. Él no sabía. Y todo lo que yo sé es que no quiero que mi hijo sea el chico que describen las noticias. Algún tipo de racista. Algún tipo de chico lleno de odio.

Mi hijo no odiaba a nadie. Tenía demasiado de seguidor, y no suficiente de líder. Siempre le decía eso. Ese era el problema. Hubiera hecho cualquier cosa por él. Él debería haberlo sabido. Skylar, "¿Qué vamos a hacer?"

Creo que a lo que se refiere es ¿quién va a ser el que diga lo que Sean iba a decir? ¿Quién va a decir la verdad ahora?

"¿Qué voy a hacer?", dice él, con un enojo apagado. "Todos me conocían como el papá de Sean. Yo era el papá de Sean, y eso es todo. Hice todo lo que pude por él."

Deja de rodear el árbol. "Su madre y sus hermanas dicen que no soportan este maple, este testigo."

Se lanza contra el árbol como si pudiera arrancarlo de raíz. Grita. El viento hace ondas a nuestro alrededor, llevando consigo el húmedo olor nocturno de pasto y árboles y flores. Pienso que su esposa o sus hijas van a venir corriendo, pero nadie lo hace. Deben haber salido a otro lado a llorar.

El padre de Sean se dobla sobre sí mismo en su dolor. Con una inundación de lágrimas frescas, grita, "¿Tengo que cortar este árbol?"

Torpemente, pongo mis brazos alrededor de sus hombros. Su pena es tan grande. Me quedo paralizada, en silencio dándome cuenta de que la mía también lo es—por Sean y su familia, por Arturo Cortez y por Carlos también, por mi madre, y mi padre. Incluso por Jimmy.

Skylar Thompson

Estoy en el Mustang, a media noche. No hay luna.

He abierto un viejo mapa de carreteras en el asiento a mi lado, la clase de mapa que es imposible que alguien pueda volver a doblar bien, excepto mi padre. Todo el Noroeste de Estados Unidos está desplegado, aunque un poco arrugado en los dobleces del mapa. Las principales carreteras pintadas de rojo o azul, como las venas de un anciano.

En viajes largos, mi madre se sentaba en el asiento de copiloto con un mapa—¿por qué lo recuerdo como un mapa nuevo?—recostado en su regazo. Nos guiaba al lugar que fuéramos. Un año a Maine, a Florida en otro. Siempre estaba segura de que había algo interesante un poco más adelante; hacía que nos detuviéramos en cada roca con algún tipo de placa o en cada mirador a montañas y árboles. Nos hacía observar.

Pero en ese entonces, ella creía que era posible que la verdad y la belleza coexistieran en el mundo; incluso en el cruel final, ella recitó poesía. No significa nada, ¿o sí?

Hoy, me iré al sur, o al norte, tal vez a Boston.

Paso mis dedos por mi cabello. Está todo enredado y lleno de nudos. Jaloneo mi camiseta sin mangas, debí de haber usado algo que no fuera negro.

Estoy estacionada entre mi casa y la de los Mayers. La noche envuelve su hogar. Todos han huido—de los bomberos, la policía, los reporteros, los vecinos, y unos de otros.

Cruzando la calle, el patio de Lisa Marie está iluminado, igual que siempre. Debería ir a despedirme de ella, pero ella entenderá por qué tuve que irme. No puedo enfrentarla de cualquier manera.

No puedo enfrentarme a nadie.

Sobre todo, no puedo enfrentarme a mi padre. No puedo encontrarme con él en la estación de policía en la mañana, no puedo. Soy inútil y no tengo esperanza.

Al menos, sé que al no decir nada, no lastimaré a nadie más. Especialmente a mi padre. Desearía ser más como Lisa Marie, capaz de vivir con comodidad en una mentira, o una "verdad remodelada", como ella lo puso.

Desearía haberle dicho alguna verdad a Jimmy, cuando estábamos recostados juntos en la cama o en noches como esta cuando mi padre estaba trabajando y teníamos la casa para nosotros. Desearía haberle dicho, *Deja de contenerte, no tienes que hacer eso por mí, no soy tan frágil. El amor de verdad no me romperá.*

Miro el mapa fijamente. Las sombras cortan a través de él. Mi corazón se contrae. No puedo irme hasta que pueda conducir sin que mis manos tiemblen como si tuviera frío. Me vería extraña en esta cálida noche usando guantes. La imagen de mi padre con Sean—de Sean en el carro conmigo—de Carlos en ese estacionamiento—de Jimmy, incluso, con el bate—de Carlos y su madre— imágenes que no son mías, pero que de algún modo si lo son, pasan frente a mis ojos. Sacudo mi cabeza con violencia. No las quiero ver.

Lo más importante es irme. Ve. Encuentra un puente o un túnel y crúzalo. *Ve.* Tengo que escucharme ahora. Ser honesta conmigo misma.

Ve.

Un último vistazo. Las petunias que plantó mi padre, y que terminé regando, morado y dorado recorren el borde de nuestra casa, se ven preciosas de noche. Podé las rosas también. Sé que me equivoqué sobre él. Pensé que mi padre no sabía nada. No sé cuándo se dio cuenta, cuando pudo ver más allá de nuestro propio dolor y hacia el dolor de alguien más tan bien que me asusta. Me fuerza a ver, ¿o no?, lo que es verdad.

Tommy Thompson

NO ESTOY LISTO para esto, las escaleras de la estación de policía. Miren, estoy agitado y fuera de forma.

Cincuenta y dos escalones de mármol blanco. La misma cantidad que la semana pasada, pero la subida se me hace más larga hoy. Ayer, Skylar dijo que me vería aquí. Trabajé el turno de la noche y vine aquí directo del trabajo. Hombres y mujeres en uniformes impecables cruzan la plaza y entran por las puertas giratorias como un vendaval. La abogado sugirió que vistiera de traje aun sabiendo que vendría aquí directo de mi turno de noche.

Así que tengo puesto el traje de funeral, y está demasiado ajustado alrededor de mi cintura y me está asfixiando. La corbata es azul y verde con pelotas de béisbol cruzando a través de ella. Siempre pensé que era una corbata magnífica. Después de todo, mi hija me la compró por el día del padre, tal vez hace cinco años, tal vez seis.

Son las nueve de la mañana y el sol se ve rojo-anaranjado, aplanado en el horizonte justo en frente de mí. Está empezando a hacer calor parado aquí en la plaza esperándola. Pedí el día de hoy y mañana libres para qué Skylar y yo pudiéramos pasar tiempo juntos. Charlie me cubrirá con un chico nuevo. Seguro me espera una sarta de quejas sobre el chico nuevo este miércoles, pienso con una risita, que atrae el interés de un joven oficial trabajando de seguridad en la puerta de enfrente. Me aflojo la corbata. El traje emana colonia Old Spice y a esferitas de naftalina. Mejor me paro cerca de las escaleras. Pienso sobre el día de ayer. Domingo. El padre de

Jimmy me llamó antes de que me fuera al trabajo, y me amenazó con lo que haría si Skylar hablaba. Lo dejé desvariar un rato, digo, su hijo está en riesgo de ir a prisión, pero luego, cuando se volvió personal, y sobre daño físico, le colgué. Volvió a marcar, y le volví a colgar. Cuando el teléfono sonó por tercera vez, y era él, le dije que involucraría a la policía si me volvía a llamar o a Skylar o si se aparecía, o si de cualquier manera volvía amenazar a mí o a mi familia. Le dije que había visto personas apuñaladas, heridas de bala, estranguladas, electrocutadas, muertos por atropellamiento de carros, autobuses, camiones, e incluso golpeados por bates de béisbol. He sostenido sus destrozados cuerpos. Enterré a mi esposa. Él y su hijo no iban a destruirme a mí o a mi hija.

Skylar había estado en el jardín intentando podar los rosales de Renee. Cuando regresó a la cocina, le dije sobre las llamadas, sobre cómo el Sr. Seeger sonaba como un mafioso de película de segunda categoría amenazándonos. Hice una pequeña imitación de él y yo discutiendo, y terminamos con lágrimas en los ojos de tanto reír. Mira, dije, tratando de no llorar más al oler las rosas en su cabello justo como en el de su madre, ya no hay vuelta atrás para ninguno de los dos. Las mentiras te pueden llevar a muchos lugares, pero nunca de regreso. Quería sostenerla pero no podía. Tenía miedo. Estábamos tan cerca pero tan lejos el uno del otro. Un océano interminable de espacio, como su madre hubiera dicho. Así que no lo hice.

Miren—

Traje completamente rojo y tacones altos. Viene marchando sobre las escaleras. Nuestra abogado, la hija de Charlie, Janice, me pregunta dónde está Skylar.

Observo mi reloj. Tal vez se perdió, tal vez no encuentra dónde estacionarse, tal vez tuvo problemas con su Mustang, o tal vez olvidó su teléfono y por eso no me está contestando. Ella no suele llegar tarde, tal vez cambió de opinión—

Janice interrumpe mis pensamientos. "Déjame entrar", dice con intensidad, tomando el control de la situación. "Diles que viene tarde. Realmente espero que esto no sea un problema. Dime qué esto no se convertirá en un problema para mí este lunes. Cómo dije, tu hija puede y será convocada si no aparece. El fiscal sabe que apenas tiene un caso sin la cooperación de ella, y déjeme decirle, ha estado molestándome desde que le dije a mi papá que sí representaría a la hija de usted. ¿Por qué? Le diré por qué. Es la palabra de un hispano de diecisiete años que dejó la escuela contra James Seeger y su carísimo abogado, si no cuentan con su hija." Se aferra a mi antebrazo. "Dime, ¿ella estará aquí esta mañana?"

Me agrada Janice. Y cuando se da cuenta de que no tengo una respuesta, me deja, y se precipita a entrar.

"Me quedo a esperar", le digo cuando ya está entrando por las puertas giratorias. Miren, le creí a mi hija cuando dijo que quería ser honesta consigo misma. No tengo nada en que creer, no tengo un futuro, sí creo en ella.

Escaneo a lo lejos, a través de la plaza y los estacionamientos que una vez fueron campos de papas y pastizales y campo abierto. El sol inunda el este. Podría entrar ya que está más fresco, pero entonces ella no me vería esperándola. Podría darse la vuelta, perder su resolución. Vamos, Skylar. No podemos darnos por vencidos ahora. Estoy aquí, es una isla pequeña…

… y ahí está ella. Skylar. Miren, su cabello está peinado. Se apresura a cruzar la plaza en una falda de un morado profundo y una blusa amarilla bien planchada. Me alcanza a ver. Me mira directamente, y yo a ella. Sus ojos verdes se ven aún más verdes en el sol de la mañana. Nos abrazamos con fuerza.

Nota del autor:

LIE es ficción; todos los personajes surgieron furiosamente de mi imaginación a lo largo de unos pocos meses. Sin embargo, lo que me motivó a escribir esta novela fue una oleada de crímenes de odio cometidos por adolescentes en Long Island, Brooklyn y la zona rural de Pensilvania, entre otros lugares. Investigué los crímenes de odio a través de varias fuentes, una de las cuales me resultó especialmente útil, y que además se dedica a promover la tolerancia en nuestras comunidades y en nuestras escuelas: el Southern Poverty Law Center.

Gracias por leer LIE.

Biografía:

Caroline Bock es novelista, escritora de cuentos y docente. Presidenta y editora de The Washington Writers' Publishing House. Vive en Maryland con su familia.

Autora de *Carry Her Home, Before My Eyes* y *LIE* y ***The Other Beautiful People*** (*June 2026 from Regal House Publishing*).

X @cabockwrites
Instagram @carolinebockauthor
Facebook@CarolineBockAuthor

Y la página web oficial:
carolinebockofficialauthorsite.wordpress.com